な復讐

愁堂れな

幻冬舎ルチル文庫

CONTENTS

✦目次✦

罪な復讐

✦イラスト・陸裕千景子

✦カバーデザイン＝小菅ひとみ（CoCo.Design）
✦ブックデザイン＝まるか工房

罪な復讐

プロローグ

どうしてそんな話になったのだったか。

多分、そのとき僕は何かつまらないことが原因でクラスメイトと喧嘩《けんか》をしていて、そのことを彼に愚痴ったのではなかったかと思う。

「友達は大事にしたほうがいいよ」

第二次反抗期の真っ最中だったせいか、当時僕はこの手の、僕を諭そうとする言葉にものすごく敏感だった。もしも両親に同じことを言われたとしたら、きっと「わかったようなことを言うな」と怒りまくっていたに違いない。

だが不思議と彼の言葉だけは、素直に聞くことができた。口調が押し付けがましくなかったからか、言葉が説教くさくなかったせいか——理由はいろいろあったけれど、一番の理由は僕が、彼を本当に好きだったからではないかと思う。

「あんな奴、友達じゃないもの」

それでも口を尖《とが》らせた僕に彼は苦笑し肩を竦《すく》めた。

「まあ、友達にもいろいろあるからね」

「いろいろって？」

「知り合い程度から、仲良し、心を許した親友、心が通じ合った心友」

「『しんゆう』？」

二度『しんゆう』が出てきたことに首を傾《かし》げると、

「『心の友』って書くんだよ」

彼はそう言い、掌《てのひら》の上に漢字を書いてみせた。

「心の友……」

「そう、お互いの気持ちが通じ合っていて、相手のためならなんでもしたいと思う友達。損得勘定も何もない、ただ相手の幸せを願う、そんな友達」

「相手もそう思ってる……そういうこと？」

「そう、そのとおりだよ」

僕の問いかけに彼は、よくわかったね、と微笑《ほほえ》み、僕の肩を叩《たた》いた。

「いないよ、そんな友達……」

友人の顔をざっと頭に思い浮かべたが、心を許せる『親友』だっているかどうか、自信がなかった。なんとなく寂しさが込み上げてきて、項垂《うなだ》れてしまった僕の背を彼の大きな掌がどやしつける。

「当たり前だよ。『心友』はそう簡単にできるものじゃないよ」

「そうなの？」

「ああ、一生のうちに一人、できればいいほうだと思うよ」

にこにこ微笑んで答えてくれた彼にふと聞いてみたくなり、僕はまじまじと彼を見上げて尋ねた。

「――にはいるの？　心友」

僕の問いに彼は一瞬酷《ひど》く照れたような顔になったあと、大きく頷《うなず》いてみせた。

「うん、いるよ」

そうして少し遠くを見るような目になった彼の顔には、幸せそうな笑みが浮かんでいた。

彼の視線の先には『心の友』の幻がいるような気がして、その横で僕は何も見えない空間を、じっと見つめ続けていた。

1

毎月十五日、休みが重なったときには当日に、平日となってしまったときにはその前後に、田宮《たみや》がこうして都下にある霊園を訪れるようになってから、早一年が経《た》とうとしている。

石屋で花と線香を求め、霊園の門をくぐると右手の五区へと足を進める。すっかり覚えてしまった道順を、見慣れた並びの墓の間を通り抜けて進み、目的の墓の前に立つ。

『里見《さとみ》家之墓』

まだ墓石が新しいのは、この墓が一年前に建てられたものであるからだった。先祖代々の墓に入れることを親戚一同から拒否されてしまったのだと、田宮は『彼』の——この墓の下に眠る親友の母親から聞かされ、憤りを感じたものだった。

里見修一《しゅういち》——大学入試の試験会場で知り合い、その後偶然同じクラスになったときから、田宮と彼との友情は始まった。クラスもゼミも一緒、果ては就職先まで一緒になったという彼とは驚くほど気が合い、十数年を親友として過ごしてきた。

お互いすべてをさらけ出し、隠し事ひとつない間柄だと思っていた里見は、ひとつだけ田宮に隠し事をしていた。

その隠し事のために里見は一年半前にある事件を起こし、その罪を悔いて自ら命を絶ったのだった。

事件後、半年ほどして里見の墓が建ってから、田宮は毎月彼の命日近辺に墓参に訪れては、かつての親友と向かい合い、ひとしきり何か話しては帰っていく。今日も田宮は、花と線香を供えたあといつものように墓石の前に座り、周囲に人がいないのをいいことに実際小さく声を出し話しかけていた。

「人事制度改変がいよいよ決定して、来年度から施行されるんだけど、もう、酷いんだよ」

爽やかというには少し肌寒くなってきた風が吹く中、田宮はあたかも里見が目の前で聞いているかのような口調で話を続けていった。

「今度から管理職になるには、TOEIC《トーイック》七百五十点以上が必須になるんだ。英語だよ、英語。理系の俺たちには辛いだろう？　まあ、お前は英語も得意だったけど、俺はもうダメ。どんなに頑張っても六百五十点しか取れないっていうのに、これから一年で百点アップなんて、できるわけないいじゃん。なあ？」

田宮の問いかけに、彼の頭の中では幻の親友が『そうだよな』と相槌《あいづち》を打っている。

「一応救済策ってのがあって、希望者は無料で英語の講習が受けられるんだけど、そんなの行ってる暇をどうやって作れっていうんだよなあ。まあ、明日から行くんだけどさ」

『なんだ、行くんじゃないか』

田宮の頭の中で、里見の幻がツッコミを入れてきた。

「そりゃ行くよ。上昇志向はさほどないほうだけど、いつまでもヒラ社員のままっていうのも辛いしね」

田宮と里見は付き合いの長さと気の合いっぷりから、ツーと言えばカーというように気持ちよくぽんぽんと会話が続いた。時間を忘れて喋《しゃべ》ってしまうこともしばしばで、残業のあと二人で会社の近所に飲みに行っては喋り倒し、終電がなくなる、と慌てて駅に走ることもしばしばだった。

愚痴を聞いてくれるだけでなく、田宮のためにならないと思うと「それは間違えている」ときっちり意見してくれる里見を、田宮は心の底から得がたい友だと思っており、里見もまた、同じ気持ちでいてくれていると信じていた。

里見の気持ちの中に、己への秘めたる恋情があったことなどまるで知らずに——。

「まあ、頑張るよ。お前の分までな」

ひとしきり喋ったあと、田宮は立ち上がった。

「またな」

来月の墓参を約束して立ち去る途中、近くの墓に参りに来たらしい老婆とすれ違い、田宮は思わず足を止めて振り返った。

墓参に来るたびに里見の墓は常に綺麗《きれい》に掃除がされ、花もいつも少しも枯れていないものが供えられていた。数駅先に住んでいる里見の母が、命日のときには勿論《もちろん》、暇があると墓参りに訪れているということだったが、先月も先々月も墓参に来た気配がなく、前の月に田宮が供えた花がそのまま残っていて、最近身体《からだ》の具合でも悪いのではないかと田宮は案じていたのだった。

里見は早くに父親を亡くしていた。兄弟もなく、里見の就職を機に母親は東京《とうきょう》へと出てきたのだが里見の起こした事件のおかげで、親戚からも白い目で見られ、肩身の狭い思いをしているという噂《うわさ》は、田宮の耳にも入っていた。

今この東京で、一人として頼りになる人間がいないというのであれば、自分が様子を見に行こうかと田宮は思っていたのだが、里見の母は田宮に対して酷く負い目を感じており、田宮の働きかけを逆に負担に思うかもしれないというおそれがあるため、なかなか思い切りがつかなかった。

だが今月、田宮が里見の墓を訪れたときには、墓の周囲は綺麗に掃除され、真新しい花が供えてあった。

体調がいいということなのだろうかと安堵《あんど》しながら田宮は霊園をあとにし、帰路についた。

田宮は今年三十歳の、専門商社に勤めるサラリーマンである。彼は自分のことを、これといった取り柄のない、ごくごく平凡な男だと思っていたが、この一年半の間に起こった事件や、今現在彼を取り巻く環境はとても『平凡』といえるものではなかった。

一年半前、田宮の同僚の女性が殺害され、田宮はその容疑者にされてしまったのだった。皆が田宮を疑う中、ただ一人彼の無実を信じてくれたのが、事件を担当した刑事、警視庁捜査一課の警視という輝かしい肩書きを持つ高梨良平《たかなしりょうへい》で、彼の活躍で田宮への疑いは晴れ、真犯人を見つけることができたのだが、その真犯人というのが、田宮が毎月の墓参を欠かさない彼の親友、里見だった。

自分に捜査の手が伸びたことを悟った里見は、田宮の腹を刺したあと頸動脈《けいどうみゃく》をかき切って自害した。里見がそのような恐ろしい犯行に至った動機については、関係者一同硬く口を閉ざし、真実は彼の母親にも語られることはなかったが、その『真実』が田宮をこうして毎月の墓参に駆り立てるのかもしれなかった。

それまで己の性的指向はノーマルだと信じていた田宮だったが、事件をきっかけに自分を救ってくれた高梨と、肉体関係を伴う恋人同士になった。今は田宮のアパートで新婚家庭もここまでではなかろうといわれるほどの、熱々同棲《どうせい》中である。

刑事という職業柄、高梨の休みは不規則で、日曜日の今日も出の日である。事件が勃発すると休日自体を取れないこともよくあった。１ＤＫという、本来一人で住む用の田宮の部屋から、二人用の部屋に借り替えたいという彼らの希望がなかなか実現しないのも、高梨の、そして田宮の多忙さが原因となっているのだが、一年以上過ごすうちに狭さゆえの不便さにもすっかり慣れ——高梨などは、『狭いほうがくっついてられるから、かえってええわ』などと言いだす始末であった——下手をすると当分の間、二人の愛の巣は現状のまま変わらず、となりかねない状況である。

恋人との仲も順風満帆、会社の仕事もようやく軌道に乗り始めた田宮であったが、ここにきて彼の前に大きな壁が立ちはだかることになった。

それが、先ほど里見の墓前で彼が零《こぼ》していた、来年度からの人事制度の改変なのだった。田宮の社は専門商社であり、会社の七割が貿易部隊である。英語を使うのが当たり前、という職場であるためか、来年度から管理職に昇格するのに、ＴＯＥＩＣ七百五十点以上の成績を取るというのが必須条件となったのだった。

田宮も入社志望の動機の五十パーセントくらいは、海外駐在に憧《あこが》れたというものだったが、それはあくまでも漠とした『憧れ』であり、現実のものとするには少々語学力に問題があった。それでも配属先が輸出入を担当する部署であれば少しは英語力がついたであろうに、入社以来ずっと国内営業畑を歩んできた上に、仕事もかなりハードだったため、敢《あ》えて日頃使うことのない英語を勉強しようという気力が起こらなかった。最後に受けたＴＯＥＩＣの成績は六百五十点で、管理職になる資格が得られる来年四月までに、プラス百点獲得できるほどの英語力を身につけることが果たして可能であるのかと思うと、自然と田宮の口からは溜《た》め息が漏れてしまうのだった。

だが会社の決定事項には従うより他に道はないというのが、サラリーマンの運命《さだめ》である。七百五十点取れというのなら取るしかないのだと、田宮も翌日から会社指定の英語学校に通うことになっていた。

『エリート』という名のその学校は、個人向けというよりは法人向けの英語・英会話スクールで、TOEICの点数アップには定評があるため、田宮の社をはじめとする大手企業の指定校となっている。

最近経営者が代わったということで、質の低下もちらほら噂されていたが、それでもまだ指定を取り消すまでには至っていないようで、翌日の就業後、田宮が受講の手続きに訪れたときには、同じ会社の社員何名もと顔を合わせ、「お前もか」と苦笑し合った。

その場にいるということは即ち、管理職になるにはTOEICの点が規定に足りないということだからである。

申込書に住所や電話番号、会社の部署名などを記入して手続きをしたあとには、クラス分けのための筆記試験が待っていた。能力別、五段階にクラスが分かれているとのことで、自分は一体どのクラスになるのだろうと、テスト開始を数分後に控え、田宮が溜め息をついたそのとき、

「あ、いたいた！」

教室内に明るい声が響き渡り、あまりに聞き覚えのあるその声に、田宮はぎょっとして入り口を振り返った。

「富岡《とみおか》！」

「受付があんなに混《こ》んでるとは思いませんでしたよ。同業他社でもやっぱり、管理職になるには英語が必須になったみたいで。こういうのって業界足並みそろえるんですねえ」

田宮の驚きなど無視とばかりにずかずかと彼に近づき、ちゃっかり隣の席に腰掛けたのは、同じ部の後輩、富岡雅巳《まさみ》だった。田宮に絶賛片想い中で、日々精力的なアプローチを続ける、押しの強さでは右に出る者はいないと評判の二十八歳の総合職である。

「なんだってお前が学校に通うんだよ。管理職選考はまだ二年は先だろ？」

「いやだなあ。駐在に出るにもＴＯＥＩＣ七百五十点以上必要になったじゃないですか」

「ああ。そうか」

今の田宮にとって、海外駐在はまったく興味の範疇《はんちゅう》外にあったために忘れていたのだが、人事制度改変は駐在資格にも及んでいたのだった。

「富岡、お前、駐在希望だったんだ」

それなら彼がこの場にいる理由もわかる、と頷いた田宮だったが、

「いや、まったく」

富岡にあっさりとそう返され、がくん、とまるで漫画のようにずっこけた。

「じゃあなんで英語の授業受けるんだよ」

「そりゃあなた、わかってるじゃないですか」

いやだなあ、とにやにや笑いながら、富岡が田宮に近く顔を寄せてくる。

「何が」

嫌な予感がすると思いつつ、身体を引いて問い返した田宮は、返ってきた答えを聞いた瞬間、机の上に出していた手帳で富岡の額を叩いた。

「田宮さんがいるから……って、痛っ！」

「お前ほんと、ふざけんのもいい加減にしろよな？」

語気荒く言い捨てた田宮に、富岡が恨みがましい目を向ける。

「ふざけてなんてないですよ。酷いなあ」

「こっちは管理職になれるかなれないかの瀬戸際だっていうのに、お前はそんなふざけた理由で……」

「だからふざけてなんかないです。至って真面目なんですから」

「いい加減にしろっ」

田宮が叫んだちょうどそのとき教室のドアが開き、

「お待たせしました」

中年というにはまだ若い、なかなかに顔立ちの整った男が後ろに二名、若い助手を連れて入ってきて、二人の口論はそこで中断されることになった。

「はじめまして。『エリート』責任者の木村《きむら》です」

教壇に立ち、男が自己紹介を始めている間に、助手たちが着席している田宮らサラリーマンにテスト用紙を配り始める。

四十前にしか見えない木村の姿を前に、代わったばかりの経営者というのは彼のことなのか、と田宮は人並みの興味を覚えつつ、彼の話に耳を傾けていた。

「日常業務に追われ、英語を学ぶ暇がない——それは皆さんに共通する悩みではないかと思われます。でもわが校にお任せいただければ大丈夫、TOEICの点数獲得や、海外駐在に最低限必要な英会話など、目的に合った授業を一クラス最高五名という少ない人員で受けていただくことにより、確実に英語力が身につきます」

「なんか、深夜の海外通販の番組か、宗教の勧誘みたいですねえ」

横から富岡がこそっと囁《ささや》いてきたのを「シッ」と制しながらも、田宮も同じような胡散《うさん》くささをこの、木村という校長に感じていた。

日焼けサロンにでも通っているのかというほどの黒い肌のせいで、遊び人のような印象を抱《いだ》いてしまうからか、はたまた流暢《りゅうちょう》ではあるけれども、口調に少しも気持ちが籠《こ》もっていないのがありありとわかるためなのか。経営者が代わってから学校の評判が落ちたというのもわからない話ではない、と田宮が内心頷いていているうちに木村のスピーチは終わり、続いてやはり顔立ちの整った若い男が教壇に立った。

「事務担当の長谷川《はせがわ》と申します。これから本日のプログラムを説明させていただきます」

凜《りん》とした声が教室内に響き渡る。

「あれ、受付の人じゃないですか」

富岡がまた、こそりと囁いてきたのに、そういえばそうだった、と田宮は長谷川というこの男の感じのいい応対を思い出した。

「お前、よく覚えてるな」

「そりゃ商社マンですから。人の顔を覚えるのは基本でしょう」

富岡が胸を張ったのに、確かにそのとおりだと田宮は注意力の足りないことへの自己嫌悪の念を抱いたのだったが、

「なんてね。実はひと悶着《もんちゃく》あったからなんですけど」

そうして田宮を落ち込ませた富岡は、次の瞬間にはぺろりと舌を出し、商社マンの基本以外の理由があることをほのめかしてきた。

「ひと悶着？」

何があったのだと眉《まゆ》を顰《ひそ》めた田宮は、富岡の答えにほとほと呆《あき》れてしまった。

「田宮さんが受付をすませたかどうか聞いたんですけど、『いくら同じ会社であろうと他の

生徒さんのことは教えられません』とぴしゃりと断られてしまって。随分粘ったものだから、それで顔を覚えてたってだけなんですけど」

「お前……馬鹿じゃないか？」

思わずいつもの口癖がぽろりと田宮の口から零れたとき、

「そこ、少しお静かに願えませんか」

教壇の上の長谷川から注意が飛び、田宮は首を竦めて謝った。

「申し訳ありません」

「すみませんでした」

横では富岡も頭を下げている。

「もう一度、説明しましょう」

二人に向かい、もういい、というように頷いたあと、長谷川はぐるりと周囲を見回し、言葉を続けた。

「これから二十分間の筆記試験のあと、五名ずつのグループに分かれて外国人講師との面接があります。面接の時間は十分、その後十五分ほどお時間をいただいて皆さんのクラス分けを行い、この教室で結果を発表、それから、決定した各クラスに分かれて担当講師との顔合わせとなります。何かご質問がありましたらどうぞ」

そうして待つこと数秒、誰からも質問が出る気配がないのがわかると、長谷川は凜とした声を一段と張り上げた。

「それではテストを開始します」

彼の合図で皆がいっせいに机の上に伏せられていたプリントを表に返す。紙の捲《めく》れる音に田宮の緊張は更に高まったが、目に飛び込んできた少しも意味のわからぬ英単語に、緊張は最高潮に達した。

かろうじて意味のわかる単語を繋《つな》げてみたが、文章が難解で質問が何かすらもわからない。田宮の腋《わき》を冷たい汗が流れ、鼓動はますます速まっていった。

救いは回答方法がマークシートだということで、もう勘に頼るしかないと田宮は適当にマークをし、次の設問に進んだのだが、それも昨今の自動車の人気機種についてのレポートだということはわかったが、答えが合っている自信はなかった。

「あと五分です」

長谷川のよく通る声が響いたとき、田宮はまだ半分以上設問を残していた。またも彼の腋を冷たい汗が流れたが、もうこうなったら仕方がないとあとはヤマ勘に頼ることにし、マークシートを適当に埋めたところで筆記試験の時間は終わった。

これはマズい、と青くなった田宮だったが、続く外国人講師との面談には更に青ざめることになった。受付番号順で名を呼ばれ、五名一組で各部屋に振り分けられて、すべて英語で質問を浴びせられる。同じ組になった四人は同じような実力で、そこそこ流暢な英語で質問に答えていたが、田宮のみ咄嗟《とっさ》の答えが何も出てこず、講師相手に沈黙の時を過ごしてしまったのだった。

そうしてすべての試験が終わり、最初に通された教室で待つこと十五分、富岡が「どうでした?」とうるさくまとわりついてくるのを邪険に扱っていた田宮のもとに結果がもたらされた。

一人一人、順番に名を呼ばれ、クラスを告げられるのだが、その役を担っていたのはあの長谷川だった。

「田宮さん」

「はい」

「Eクラス三番、教室は五〇五です」

手渡された紙片にも同じことが書いてある。確か能力分けは全部で五段階、AからEだった——ということは、一番下か、と思う田宮の口から大きな溜め息が漏れた。

試験も面接もできなかったのであるから、一番能力の低いクラスに配属されるのも当然ではあるのだが、英語力がここまで備わってなかったことを思い知らされたのはやはりショックで、落ち込みながら田宮は教室へと向かい、同じクラスとなった生徒や講師と顔合わせをしたあと、帰路についた。

「まったく、ついてませんよ」

クラス分けに落ち込んでいるのは田宮だけではなかった。「一緒に帰りましょう」と無理やりついてきた富岡もまた落ち込んでいたのだが、その理由は田宮とはまるで違うものだった。

富岡は『TOEIC900点突破クラス』――Aクラスの中でも特Aというクラスに配属になったのである。

理系でありながらにして彼は語学を得意としており、英語の他に中学時代を過ごしたというドイツ語も日常生活を支障なく送れるほどには喋れるのだという。

TOEICも八百五十点という高得点を既に獲得していると聞かされた田宮は思わず、

「お前とは当分、口利きたくない」

そう言い捨て、一人すたすたと駅への道を歩き始めた。

「待ってくださいよ。田宮さん」

富岡が慌てた様子で田宮のあとを追ってくる。

「英語、僕でよかったら面倒見ますから」

「いらない。Eクラスで授業受けるから」

「そんな、拗《す》ねないで」

「拗ねたくもなるよ。特Aクラスの奴を目の前にすりゃね」

「まぐれですよ。まぐれ。問題やたらと難しかったじゃないですか。ヤマ勘でチェックしたら当たったってだけですよ」

「実力ある奴がそういうこと言うと、めちゃめちゃ嫌みだってわかってるか？」

声高に言い合いを続けていた田宮だったが、

「お疲れ！」

後ろから自転車でやってきたガタイのいい男に爽やかに声をかけられ、慌ててそちらへと笑顔を向けた。

「お疲れさまです！　また！」

自分に対する態度と百八十度違う対応をみせた田宮に、富岡が不満げに問いかけてくる。

「誰ですか、あれ」

「同じ『Eクラス』になった松田《まつだ》さん」

『Eクラス』を強調した田宮に、富岡は一瞬うっと言葉に詰まったのだが、

「あれ、松田さんってもしかして……」

遠ざかってゆく自転車へと目をやったあと、田宮を振り返った。

「そう、明大《めいだい》の名フォワード。学生ラグビーのスターだったあの、松田さんだよ」

「やっぱり！　どこかで見た人だと思ったんですよね」

富岡は大きく頷くと、既に遠ざかり背中も見えなくなった松田の乗る自転車のほうへとまた目を向けた。

「確か物産に入社されたんでしたっけ」

「うん、そう言ってたよ」

いつの間にか口論していたことも忘れ、田宮と富岡は肩を並べて歩き始めていたのだが、学生ラグビーの勇者であった『松田』の話題は、口論を忘れさせるほどの威力があった。ラグビーへの興味を多少持っていれば、田宮と同年代で松田の名を知らない者はまずいないと思われる。明大のキャプテンであると同時に名フォワードであった彼は、大学四年間、学生ラグビー界のスターとして君臨し続けた、十年に一度の傑物と言われた男である。

「やっぱりカッコいいなあ。なんていうか、オーラがありますね」

「本当に。教室で顔合わせたときには、思わず握手を求めそうになったよ」

「そういえば物産も確か、昇格には英語が必須になったんじゃなかったでしたっけ？」

富岡の問いに、田宮は「ああ」と頷くと、松田から聞いたばかりの情報を彼にも教えてやった。

「ウチと同じで、駐在と昇格、両方にＴＯＥＩＣ七百五十点以上という条件が付されたんだってさ。松田さん、英語はからきしだそうで、俺同様困り果ててたよ」

「田宮さんより二つくらい上でしたっけ。そうなるともう、崖《がけ》っぷちなんでしょうね」

「うん。今年選抜試験があるって言ってた。数ヶ月で百点アップはキツいと半分諦《あきら》めてたよ」

「確かに。学生ラグビーのスターですからねえ。英語が理由で昇格できないというのは、言っちゃなんだがちょっとカッコ悪いなあ」

「有名人だから悪目立ちしてしまうっていうのもあるんだろうしな」

田宮が『松田さんですよね』と声をかけたとき、松田は『知ってるのか』と嬉しそうな顔をしながらも、少し照れくさそうだった。

『管理職になれないときはなれないときだ。もう、笑って誤魔化《ごまか》すしかないよな』

社内の人事制度の話をお互いにしているとき、豪快にそう笑ってみせてはいたものの、どこか無理をしているようにも見えた。言葉とは裏腹にかなり気にしているのではないかと田宮は感じたのだが、有名人などでは決してない自分もまた、英語が理由で昇格できなくなりでもしたら、相当恥ずかしい思いをするだろうと考えると、松田の気にしぶりもまた、仕方がないことだと思えた。

「そのための講習なんですから。頑張りましょう、田宮さん」

富岡がパシッと、あたかも励ますかのように田宮の背を叩く。

「ああ、そうだな」

田宮も大きく頷きかけたのだが、ふと、自分と富岡の立場の違いを思い出した。

「お前は頑張らなくてもいいだろ」

「あ、また拗ねちゃった」

ふいとそっぽを向き、早足で歩き始めた田宮の後ろを、富岡が駆けるようにしてついてくる。

「だいたいなあ、お前、語学できるんだったら、英語講習なんか無駄だろ?」

「無駄じゃないですよ。田宮さんと就業後も一緒にいられるんですから」

クラスは分かれちゃったけど、と肩を竦めた富岡を、田宮が凶悪な目で睨《にら》みつける。

「そんな不純な動機で、会社の金使って講習に出るな!」

「ヤだなあ。自腹ですよ。課長には講習受けていいかって許可とっただけ。それならいいでしょ?」

「よくない! お前、一体何考えてんだよ」

まさか自腹を切っての参加とは思わなかったと動揺しつつも、田宮が声を張り上げたとき、

「田宮さーん」

背後から名を呼ばれ、何事かと田宮は、そして富岡も足を止めて振り返った。

「あれ、長谷川さん?」

遠くから息を切らして駆けてくるのは、富岡が口にしたように、英会話スクール『エリート』の事務員、長谷川だった。

「なんなんでしょう？」

「さあ……」

富岡と田宮、二人して首を傾げているうちに、全力疾走してきたらしい長谷川が追いつき、はあはあと息を切らしながら田宮に話しかけてきた。

「あの、忘れ物です」

「え？」

言いながら彼が差し出してきたのは、田宮の社の手帳だった。慌てて内ポケットを探った田宮は、そこに自分の手帳があることにほっとし、それを出して長谷川に示してみせた。

「私のではありません」

「あれ、五〇五号室にあったから、てっきり田宮さんのかと思ったんですが……」

はあはあと息をつきながらも、長谷川は「お呼び止めして、すみませんでした」と田宮に向かって頭を下げた。

「手帳がないと、お困りになるんじゃないかと思ったもので……」

「それはどうもありがとうございます」

息がなかなか整わないところをみると、かなりの距離を走ってきてくれたものと思われる。いい人だな、と田宮は心の中で感心しながら、せっかくの彼の好意が無駄になったことを、自分のせいでもないのになんだか申し訳なく思った。

「なんか、すみません」

「いえ、そんな。単なる僕の勘違いですから」

それじゃあ、と微笑み、長谷川がまた踵《きびす》を返してもと来た道を引き返してゆく。

「なんか、爽やかですねえ」

「ほんとに。感じいいよな」

富岡と二人して遠ざかる長谷川の背中を見つめていた田宮は、またも自分が富岡との口論を忘れそうになっていることに気づいた。

「自腹なら尚《なお》のこと、講習なんか受けるな。じゃあな」

厳しい声で言い捨てると、後ろも振り向かずに駅への道を駆けだしていく。

「ちょっと待ってください、田宮さん。メシでも食って帰りましょうよう」

多分それが彼の、講習を受ける最大の目的だと思われる『講義後の食事』を富岡が誘ってきたのを、

「行かない」

田宮はすげなく断ると、背後で騒ぐ彼を振り切り、駅への道をダッシュしたのだった。

アパートの前に立ったとき、部屋に灯《あか》りがついていることに気づき、田宮は慌てて外付けの階段を駆け上った。

「ただいま！」

鍵を開けるのももどかしく、扉を勢いよく開いて中へ飛び込むと、

「おかえり」

田宮の同居人が——同棲中の恋人の高梨が、エプロン姿でキッチンから登場し、田宮を抱き締めてきた。

「おかえりのチュウ」

『おはようのチュウ』『おやすみのチュウ』『いただきますのチュウ』『ごちそうさまのチュウ』——挨拶《あいさつ》のたびに彼らは、抱き合い唇を合わせる。彼らが同居を始めてから一年以上が経過していたが、未だに二人の仲は『新婚さん』そのものの熱々状態だった。

「ん……」

軽く開いた田宮の唇に高梨の唇が触れる。ついばむような軽いキスがやがて、互いの唇を貪《むさぼ》り合う深いくちづけに発展してゆくのと同時に、高梨の手が田宮の背からするりと滑り下り、小さな尻をスラックス越しにギュッと握った。

「……あっ……」

指先でそこを服の上から抉《えぐ》られ、キスで塞《ふさ》がれた田宮の唇からは熱い吐息が漏れる。捜査

で泊まり込みが続いていたため、高梨と田宮が顔を合わせるのは実に二日ぶりだった。

二日ぶりに触れる高梨の逞《たくま》しい身体に、鼻腔《びこう》を擽《くすぐ》る彼の、決して不快ではない微《かす》かな体臭に、一気に火がついた欲情が、田宮の身体を内側から熱く焼き始める。

「あっ……」

高梨もまた込み上げる欲情を抑えきれないようで、玄関先だというのに体重をかけて田宮をゆっくりと床へと押し倒すと、唇を塞ぎながら彼のタイを緩め、シャツのボタンを外していった。

「やっ……」

あっという間に裸に剝《む》かれた田宮の両脚を高梨が抱え上げ、露《あら》わにしたそこに顔を埋《うず》める。両手で押し広げられたところに高梨のざらりとした舌が挿ってきたのに、田宮の口からは高い嬌声《きょうせい》が漏れ、既に勃ち上がっていた雄の先端には先走りの液が滲《にじ》み始めた。

「あっ……やだっ……あっ……あっ……」

入り口を甘噛《あまが》みし、中を舌で、指で力強く侵してゆく。奥を抉られるたびに田宮の腰は、彼自身意識していないところで淫《みだ》らに揺れていった。

「あぁっ……」

高梨がぐっと二本の指を田宮のそこへと突き立てる。指先が圧《お》したそこは田宮の前立腺《ぜんりつせん》で、勃ちきった彼の雄から、ぴゅっと先走りの液が飛び、腹を濡《ぬ》らした。

「あっ……りょうっ……良平っ……」

ぐいぐいと同じところを圧してくる高梨の名を、田宮が上擦った声で呼ぶ。欲しいのは指などではないという彼の意思はすぐ、高梨に通じることとなった。

「待っててや」

くす、と微笑んだあと高梨が自身のベルトを外し、スラックスを下ろす。していたエプロンを捲《まく》り上げたとき、

「なんや、僕が裸エプロン状態やな」

自分の姿を見下ろし、高梨はひとりごちたのだが、いつもであれば『馬鹿じゃないか』という口癖で応える田宮にその余裕はなかった。

「あっ……」

もどかしく腰を揺する素振りで、早く来てくれ、ということを伝える田宮に、高梨の喉《のど》がごくり、と鳴る。貞淑という言葉が誰より似合う新妻——というには一年以上経っていたが——の田宮は、恥じらいが強く、滅多なことでは閨《ねや》の中で、自分から誘うような素振りをみせないのだが、二日ぶりのセックス、その上玄関先という非日常のシチュエーションが彼をいつになく昂《たか》め、羞恥《しゅうち》の念が吹き飛ばされているらしかった。

乱れる田宮の積極的な仕草に、高梨の欲望もまたいつも以上に膨らみ、抑えが利かなくなっていた。田宮の両脚を抱え上げると、邪魔そうにエプロンをはね除《の》け、ひくひくと蠢《うごめ》くそ

こに猛《たけ》る彼の雄を一気にねじ込んでゆく。

「あぁっ……」

田宮の背が大きく仰《の》け反《ぞ》り、彼の両手が宙を舞った。田宮のそこは、高梨の逞しい雄を得た悦びに熱くわななき、ぎゅっと彼を締め上げつつ更なる奥へ誘おうとする。

「あっ……あぁっ……あっあっあっ」

既に高梨の欲情も暴走してしまっていた。パンパンと高く音がするほど勢いよく下肢をぶつけ、田宮の脚を何度も抱え直しながら彼の奥底を抉ってゆく。

「あっ……もうっ……あっ……あっ……」

田宮の息が次第に苦しげになり、声が掠《かす》れてくる。大きすぎる快楽に身体がついていかず、喘《あえ》ぐあまり彼が呼吸困難に陥りそうになっていることに、高梨はようやく気づいた。

「かんにん」

いつもであれば手加減を忘れなかったものを、と軽い後悔に苛《さいな》まれながらも高梨は二人の腹の間に手を差し入れ、田宮の雄を一気に扱《しご》き上げてやる。

「あぁっ……」

それでようやく達することができた田宮が、大きく息を吐いたあと、高梨の背に両手両脚を回し、ぎゅっとしがみついてきた。

「……大丈夫か？」

はあはあと苦しげに息を乱す田宮の身体を無理やり剝《は》がし、高梨がその顔を見下ろす。

「……うん……」

田宮は小さく頷くと、放心したような顔で、じっと高梨を見上げてきた。

潤んだ瞳《ひとみ》に天井の灯りが映り、きらきらとまるで天空に輝く星のような美しいきらめきをみせている。紅潮した頰《ほお》といい、紅《あか》く色づく唇といい、高梨の欲情を駆り立てる扇情的なその顔に、未だ達していない高梨の雄は更に硬度を増し、田宮の中で熱く疼《うず》いた。

「……良平……」

気づいた田宮が、相変わらず掠れた声のまま、高梨の背に両手両脚を再び回そうとする。

「……大丈夫？」

「うん。もう、大丈夫」

にこ、と微笑んでみせはしたものの、まだ彼の息は荒く、行為の継続は彼にとって相当負担になるのではないかと思った高梨が腰を引こうとしたのに、田宮は首を横に振ると、ぐっと高梨の背を抱き寄せ、彼の動きを制した。

「大丈夫だから……」

「ごろちゃん……」

うん、と大きく頷いた田宮が、自ら腰を動かしてくる。高梨を思いやる気持ちが溢《あふ》れたその行為に、高梨の胸には欲情以上の熱い想いが込み上げてきた。

「すぐイクさかい、待っとって」

かんにんな、と言いながら高梨が腰の律動を再開する。

「あっ……はぁっ……あっ……」

喘ぎ始めた田宮をいたわりながらも激しく腰を動かしていた高梨が、伸び上がるような姿勢になった。

「あっ……」

ずしりとした精液の重さを後ろに感じる田宮の胸にも、熱い想いが溢れている。

「……ほんま、愛してるで……」

「………あっ……」

達した高梨がゆっくりと身体を落とし、田宮の額に、頬に、こめかみに、そしてときに唇に、軽いキスを落としてくる。

決して田宮の呼吸を妨げぬようにと気遣う優しいキスに、益々胸を熱くしながら、田宮は高梨の背を抱き締め、しばし行為の余韻に浸った。


「大丈夫か」

田宮の息が整ったのを見越して、高梨は田宮の身体を腕を引いて起こすと、全裸の彼を抱き上げ食卓へと運んだ。

「……これ……」

食卓の上には高梨が作ったらしい手の込んだ料理が並んでいた。戸惑いの声を上げた田宮は次の瞬間、申し訳なさから高梨に向かって頭を下げた。

「ごめん。良平、二日も泊まり込みで疲れてるのに、メシ作ってもらったりして」

「なんで謝るの。おかしなごろちゃんやねえ」

あはは、と高梨は高く笑ったあと、

「食べられるか？」

と田宮の顔を覗《のぞ》き込んできた。

「……うん」

「ほな、味噌汁《みそしる》温めるわ」

待っとって、とガス台に向かおうとする高梨に、

「俺、やるから」

田宮が慌てて立ち上がろうとする。

「まだ辛いやろ？　休んどき」

「大丈夫だって」

高梨に駆け寄った田宮を振り返り、高梨はにやけた顔になると田宮の身体を上から下まで嘗《な》め回すように見てこう言った。

「裸で台所に立つっちゅう、ごろちゃんのサービスは嬉しいけどな」

「……ば、馬鹿じゃないか」

そういえばまだ服を身につけていなかった、と慌てて脱がされた服を求めて駆け去ろうとする田宮の腕を、高梨が後ろからがしっと摑《つか》む。

「メシ、裸のまま食べてほしい、言うたら、怒る?」

「怒る」

即答した田宮の身体を、高梨の逞しい腕が背後から抱き締める。

「ええやないの。たまには目の保養させてや」

「嫌だよ。そんな恥ずかしい」

「今夜だけ、な? 今夜だけでええから、裸で食卓についてほしいわ」

「嫌ったら嫌!」

じたばたと暴れていた田宮だったが、結局は高梨に言いくるめられ、もとのとおり裸のまま食卓に座ることとなった。

「ほんま、目の保養やわぁ」

「……馬鹿じゃないか……」

ニコニコ笑いながら高梨が田宮に、味噌汁とご飯をサーブする。

「ほな、いただきます」

「いただきます」

恒例の『いただきますのチュウ』を交わしたあと、全裸の田宮を前にし、やにさがった顔のまま食事を続ける高梨に、田宮は改めて頭を下げた。

「ほんと、ごめんな」

「ええて。別にメシの支度はごろちゃんの役目て決まっとるわけやないんやから。それに確か今日から英語学校が始まったんやろ？」

高梨がテーブル越しに手を伸ばし、「うん」と頷いた田宮の肩をぎゅっと握る。

「ごろちゃんがいつも、僕になんかしたい、思うのとおんなじように、僕かてごろちゃんに、なんかしたい、思うとるんやで。お互い助け合っていこうやないの。夫婦なんやし」

「夫婦じゃないだろ」

もう、と口を尖らせ、軽く高梨を睨む田宮の目は、涙で酷く潤んでいた。

「いい加減ごろちゃんも、僕の嫁さんいう自覚を持ってほしいわ」

「男で嫁さんのわけないだろ」

軽い口論を続けながらも、高梨の顔も田宮の顔もこの上ない幸せを物語る笑みで綻《ほころ》んでいる。

「あと片付けは俺、やるから」

「そしたら久々に、裸エプロン見せてや」

「馬鹿じゃないかっ」

軽口を叩き合う二人の幸せそうな声が、愛の巣である田宮のアパートに響いていた。

2

翌朝、田宮は英語学校の早朝講義に出るため、いつもより一時間以上早く家を出た。夜に接待が入ってしまったため、早朝クラスに振り替えたのである。

午前七時半から九時の一時間半のクラスは結構人気があるとのことだったが、果たして学校に到着すると、半分ほどの教室が使われている様子だった。

講師を待つこと数分——田宮とあの、学生ラグビーのスター、松田のクラスの講師は、マリアという名前の若いオーストラリア人女性だった。派手な顔立ちをした美人なのだが、必要以上に胸の開いた服やら濃い化粧やら、きつい匂《にお》いの香水やら、講師というよりは言ってはなんだが、夜の職業についている女性のように見えた。

朝からあの香水の匂いをかがされるのは、ちょっと勘弁してほしいと思っていた田宮だが、彼の予想に反し講師として現れたのはなんと、事務担当の長谷川だった。

「あの?」

戸惑いの声を上げた田宮に、長谷川は「おはようございます」と笑顔で挨拶をしたあと、事情を説明し始めた。

「マリアがまだ来ていないのです。どうも彼女は朝に弱いようで……」

「ああ、そうですか……」

いかにもそういう感じがした、というのはあまりに意地の悪い見方かと思いつつ頷いた田宮だったが、続く長谷川の言葉には驚きの声を上げていた。

「ですから今日は僕が代わりに、講師を務めさせていただきます」

「あなたが？」

「ええ、こう見えて私もハイスクールのときから八年間、アメリカ暮らしをしていましたので、英語は母国語である日本語より得意なくらいですから。ご安心ください」

「し、失礼しました」

慌てて詫《わ》びた田宮に長谷川が、屈託のない笑顔を向けてくる。

「気にしないでください。この学校は一応、講師すべてが外国人ということを売り文句にしていますからね。田宮さんが戸惑われるのは当然です」

「……はあ……」

「しかし、ここだけの話、ＴＯＥＩＣの点数を上げるノウハウでしたら、外国人講師よりも日本人講師のほうが適しているといえます。彼らの中にはＴＯＥＩＣがなんたるかを知らずに勤め始めた者もいますからね」

肩を竦めてみせる長谷川に、多分あのマリアはそんな講師の一人に違いないと、田宮は密《ひそ》かに溜め息をついた。

前回は顔合わせをしただけだが、どうも彼女は殆《ほとん》ど日本語を解しないようなのだ。数言会話を交わしただけだが、意思の疎通には物凄《ものすご》く時間がかかり、彼女の講義でTOEIC百点アップなど実現可能なのだろうかと、田宮は密かに案じていたのだった。

それに引き換え、その日の長谷川の授業は実に充実していた。TOEICのここ数年の設題傾向から、高得点を取るポイント、時間配分の仕方など、まさにノウハウといったことを事細かに伝授してくれる。

講義自体も非常にわかりやすく、九時のチャイムが鳴ったとき田宮は、とても実のある授業を受けた満足を感じていた。

「どうもありがとうございました」

今日教わっただけでも確実に数十点はアップするような気がすると思いつつ、田宮は心からの感謝の念を込め、長谷川に深く頭を下げた。

「田宮さんは吞《の》み込みが早いから。この分だとすぐ、Cクラスくらいまで一気に上がれると思いますよ」

「いや、長谷川さんの教え方がいいんですよ」

田宮の言葉は決して世辞でも社交辞令でもなかった。

「本当ですか？」

なので長谷川が嬉しそうに笑いながらもそう確認をとってきたとき、迷いもせずに「ええ」と大きく頷いたのだったが、続く長谷川の提案には戸惑いを覚え答えに詰まった。

「それでしたら、どうでしょう。今のクラスを早朝に切り替えませんか？　講師は僕が責任をもって務めさせてもらいますので」

「え……」

確かに長谷川の授業に満足は感じていたが、普通この手の勧誘を講師はするものなのだろうかという真っ当な疑問が生じ、田宮は即答を避け口を閉ざした。

「ああ、失礼。驚かせてしまったようですね」

田宮の疑念を見越したように、長谷川が頭をかき、その頭を下げる。

「ついつい僕は余計なおせっかいを焼いてしまって、それで皆から引かれてしまうんですが、TOEICの点がアップしないと管理職になれないというお話を先ほど田宮さんから聞いたときから、なんとかお手伝いができないかとずっと考えていたんです」

「……ありがとうございます」

確かに授業の最初に、英語学校に通うことになった経緯を、田宮は問われるがままに長谷川に話していた。昇格にTOEICの点による規制が設けられたという話をすると、「それは大変ですね」と心底同情したように頷いていた長谷川だったが、田宮はそれを一過性のもの——更に言うなら社交辞令のようなものだと思っていて、まさか本当に長谷川が親身になって自分のことを考えてくれていようとは、まるで想像していなかった。

「自校の講師について、陰口めいたことを言うのは気が進みませんが、マリアはこの学校に来るまでTOEICのことを知りませんでした。今はその存在くらいは知っていますが、攻略法などを考えたことはないと思います。そんな彼女の講義をいくら受けたところで、田宮さんにとってあまりプラスにはならないような気がします」

「……はあ……」

もともと田宮自身が、マリアに対して不信感を抱いていたせいもあるのだが、改めて長谷川にそう言い切られてしまうと、彼女の講義を受けることがTOEICの点の向上には本当に繋がらないような気がしてきた。

「無理にとは言いませんが、田宮さんのためにも是非、振り替えていただけたらと思ってるのですが、どうでしょう」

「……そうですね……」

夜残業することが多い田宮にとって、早朝の授業は時間的にもありがたかった。長谷川の教え方は気に入っているし、マリアのようにきつい香水の匂いをさせていない点も好ましい。

この一年の間に、TOEICの点を百点アップさせなければ管理職になれないという、タイムリミットもある。

迷いに迷った挙句、田宮は、ようやく気持ちを固め、改めて長谷川に向き直った。

「特に問題は起こらないのでしょうか。マリアさんに迷惑がかかるようなことはありませんか？」

「田宮さん、あなたは本当にいい方ですね」

「え」

あまりにしみじみした口調で言われたことに違和感を覚え、問い返した田宮の前で、長谷川はにっこりと微笑むと、大丈夫です、と首を縦に振ってみせた。

「あくまでも『振り替え』という形を取りますから。受講者が減ったという扱いにはなりませんので、マリアへの報酬に響くことにはなりません。彼女のサラリーはそのままですからどうか安心してください。その代わり僕はタダ働きとなるわけですが」

「え、それじゃあ申し訳ないですよ」

マリアのサラリーだけでなく、長谷川の報酬もまた田宮にとっては気にしてしかるべき事項であった。タダ働きなどもってのほかだ、と田宮は慌てて首を横に振った。

「報酬に関しては、本当に気にしていただく必要はありませんから」

長谷川はきっぱりとそう言い、「でも」と口を挟もうとした田宮に、

「実はですね」

と、無報酬でも彼がやりたいと思っている、その理由を説明してくれた。

「前々から僕は、ＴＯＥＩＣの点数を向上させるような授業は日本人講師がするべきだと思

い、校長にも再三申し入れていたんです。外国人講師は英語は教えられても、試験攻略のノウハウまでは教えられない。同じ日本人のほうがより適していると何度もアピールしたのですが、当校は講師が外国人であることがウリであるからという理由で、なかなか受け入れてもらえませんでね」

「……なるほど……」

確かに学校のパンフレットには『日本語も堪能《たんのう》な外国人講師による懇切丁寧な指導』という謳《うた》い文句が躍っていたと思い起こしていた田宮の耳に、「ですから」という長谷川の熱の籠もった声が響いてきた。

「田宮さんが僕の授業を受けた結果、TOEICの点が百点アップすれば、それはそのまま僕の実績ということにもなります。校長も僕にクラスを持たせることをいよいよ本気で考えてくれるでしょう。そういう理由で、今はタダ働きではあるけれども僕の将来にとっては非常にプラスになるんです」

「……はあ……」

互いにとってメリットがあると力説されるうちに、田宮もだんだんその気になってきてしまった。

その上長谷川に、

「僕を助けると思って、どうかお願いします」

と深々と頭を下げられてしまっては断りきることができず、まあ悪いようにはなるまいという判断のもと、田宮は彼のありがたい申し出を受けることにしたのだった。

「えー、信じられませんよ」

社で富岡に、長谷川から振り替えの申し出を受けたという話をすると、予想どおり彼は端整な顔を顰《しか》め、一言そう言い捨てた。

「うーん、俺も話がうますぎるとは思ったんだけど」

田宮は人がいいほうではあるが、馬鹿ではない。長谷川の話を信用したものの、念のため自分以外の人間の客観的な判断を聞こうと、それで富岡に意見を求めたのだった。

「そんな、早朝に二人だけでレッスンだなんて、絶対奴は田宮さんを狙《ねら》ってます！」

だが客観的な意見を聞くには富岡は適役ではなかったようだ。

「もういい」

余所《よそ》で聞く、と田宮は一人騒ぐ富岡に背を向けたのだったが、富岡はなかなかにしつこかった。

「明日も振り替えたんですよね？　僕、同席しますから」

「必要ないよ。だいたいお前と俺じゃあクラスが天と地ほどに違うんだからな」

「そんなに違わないですよ。たった四段階じゃないですか」

「お前、馬鹿にしてんのか」

まったく、と田宮がじろりと富岡を睨みつけるのに、

「僕が田宮さんを馬鹿にするわけがないでしょう」

心外だなあ、と富岡は大仰な仕草で肩を竦めてみせ、尚更に田宮の怒りを煽《あお》った。

「もうお前とは口を利かない」

「嘘ですって。最近田宮さん、怒りっぽくないですか？」

「悪かったな」

田宮が本格的にへそを曲げたことを察知したらしく、富岡が「冗談です、冗談」と慌てて田宮にすり寄ってきた。

「機嫌直してくださいよ」

「うるさい。もう仕事しろよ」

パソコンに向かい、メールチェックをし始めた田宮の気を引こうと、背後から富岡が先ほどの話題を蒸し返した。

「まあね、事務担当より講師としての給料のがいいでしょうから、授業を持ちたいというあの……なんでしたっけ？　長谷川の言うことは理に適《かな》っているといえば適ってるんでしょう

けど、それにしても普通、自分の学校の講師の悪口を言ってまで振り替えを勧めたりしますかねえ」

「……まあ、そうだよな」

求めていた『一般的な意見』に田宮の怒りは解け、思わずそう相槌を打ってしまったのだが、

「ですから」

にや、と笑った富岡が田宮に覆いかぶさるようにして耳元に口を寄せてきたのにはぎょっとし、彼の胸を押しやった。

「僕も明日ついていきます」

負けじとばかりに身体を寄せ、囁いてきた富岡に、田宮が再び凶悪な目を向ける。

「結構です」

だが、結局は自分もついていくという口実をひねり出しただけであった『一般的な意見』を述べた富岡の意思は固かった。

話はそこで終わったと思っていたのは田宮のみで、翌朝、富岡は英会話学校『エリート』の前で田宮を待ち伏せ、無理やり長谷川の授業についてきてしまったのだ。

「ええと、こちらは?」

戸惑いの声を上げた長谷川に富岡は、

「保護者です」

堂々と胸を張ってそう答え、田宮をいたたまれない思いに陥らせた。

「富岡さんも振り替えご希望ということですね」

長谷川があまり細かいことを気にしない性格だったことに救われはしたが、授業の間中鋭い目を光らせている富岡の存在は、田宮にとっては気にしないではいられないもので、おかげで授業の半分も頭に入らず時間を終えることになった。

実際授業を受けたあと、社に向かう途中で富岡は一人、

「おかしいなあ」

と首を傾げては田宮へとちらちら視線を向けてきた。

「何がおかしいんだよ」

「いや、てっきり僕は長谷川も田宮さん狙いかと思ったんですが、そういう気配がまるでなかったなあと」

「当たり前だろ」

馬鹿じゃないか、と言い捨てた田宮に、

「馬鹿は田宮さんでしょう」

お返しとばかりに富岡もそう言い返し、じろりと睨んできた。

「なんで俺が馬鹿なんだよ」

「いつまで経っても自分の魅力に気づかない。これ以上の馬鹿はいないでしょう」

「魅力なんてあるわけないだろ」

まったく何を言いだすのかと、呆れた声を出した田宮に、

「なんでそう、無自覚でいられるんですか」

富岡は更に呆れた声を上げ、「いいですか？」と真剣な表情で田宮に説教を始めた。

「皆が皆、僕のように道徳心と忍耐力に溢れたナイスガイばかりじゃあないんですよ？　あんまり無防備でいるとそれこそ、いつなんどき危険な目に遭うかわからない。今までだって充分危険な目に遭ってきたのに、なんであなたにはそれがわからないんですか」

「誰が道徳心と忍耐力に溢れたナイスガイだって？」

富岡の意見は、とっかかりに首を傾げる部分があるとはいえ、実はこの上なく真っ当なものなのだが、田宮の耳には少しも真っ当に響かないらしい。

「馬鹿なこと言ってないで、とっとと会社行こうぜ」

相手をしている暇はないとばかりにそう言うと、すたすたと駅に向かって歩き始めた。

「だから『馬鹿なこと』じゃないんですってば。何かあってからでは遅いんです」

富岡が慌てて田宮のあとを追いながら、しつこく意見をしてくるのに、

「お前、もう次回からは来るなよ？」

話は終わりだとばかりに田宮は厳しい顔でそう言い捨て、そのあとは富岡が何を話しかけ

てようが一切無視を貫いた。

「まあ、妙な下心はなさそうでしたが、なんだか気になるんだよなあ」

田宮が相手をしなくなったあとも、富岡は一人でぶつぶつ呟《つぶや》いていたが、どうやら次回の講義への出席は諦めたらしい。

「本当に気をつけてくださいよ」

未練がましい顔でそう念押ししてきたのも軽く無視し、田宮は社への道を急いだのだった。

デスクにつくと隣の席の杉本《すぎもと》が「どうだ?」と明るく声をかけてきた。田宮が英語学校に通っていることは部内では周知の事実で、面倒見のよい杉本は彼の英語力上昇をことのほか気にかけてくれていたのである。

「ええ、なんとか……」

頑張ってます、と答える田宮に、

「一年もありゃ、百点くらい大丈夫だ。頑張れよ」

今年昇格対象だが、既に七百五十点の壁をクリアしている杉本は豪快に笑い、田宮の背を叩いた。

「ありがとうございます」

「富岡、お前邪魔するなよ」

礼を言った田宮に笑顔で頷いたあと、杉本はその様子を眺めていた富岡を振り返り、じろりと睨みつけた。部内でも富岡が、必要もないのに英語学校に通っていることは話題になっていたのである。

「いやだなあ。大切な田宮さんの昇格を僕が邪魔するわけないでしょう」

「お前、もう黙れ」

かつて富岡と田宮が『できている』という噂が社内を駆け巡ったことがあり、それ以来皆、富岡のこの手の発言には敏感になっていた。今も女性たちが「え？」というように顔を上げたのを察し、田宮は不機嫌に富岡の言葉を制したのだが、逆に富岡は皆のリアクションを面白がり、益々調子に乗ったことを言いだした。

「誰より大切な人です。悪い虫がつかないよう、僕が守って何が悪い」

「お前、いい加減にしろよ」

「そうだよ富岡、田宮は嫌がってるじゃないか」

杉本はいたってノーマルな男で、富岡のこの手のアプローチをすべて彼の嫌がらせだと信じている。俺がなんとかしてやらなければという気概から常に田宮を庇《かば》うのであるが、そんな彼の姿が噂好きの事務職の間で、『田宮を巡る三角関係』と注目を浴びていることを、本人は知る由もなかった。

「照れてるだけですよ。ねえ、田宮さん」

「うるさい。勤務時間中だろ？　私語は慎めよな」

相手にするから付け上がるのだ、と田宮は冷たい声でそう言い捨てると、メールチェックをし始めたのだが、受信トレイにいきなり見知らぬアドレスからの新着メールがザーッと並んで現れたのにぎょっとし、息を呑《の》んだ。

「どうしました？」

気配を察した富岡が振り返り、

「どうした」

杉本も心配そうに田宮のパソコンの画面を覗き込む。

「いえ、なんでもありません」

動揺しつつも、どうせいつものスパムメールだろうと田宮は杉本に笑顔を向け、富岡には「早く仕事しろよ」と厳しい視線を向けると、一人パソコンの画面に向き直った。

『掲示板を見ました』

『アドレス教えます』

『好みのタイプです』

メールのタイトルを見ると、最近巷《ちまた》に溢れているいわゆる『エッチメール』——不特定多数の宛先《あてさき》に送るフィッシング詐欺を目的としたメールのようなのだが、こんなに大量に会社のアドレスに届いたことはなかった。どこかでアドレスが漏れたのだろうかと思いながら、読みもせずにそれらのメールを削除しようとした田宮だが、その中に『田宮吾郎《ごろう》様　掲示板見ました』というタイトルを見つけ、不審に思いながらメールを開いた。

『田宮吾郎様。こちらの掲示板であなたを見ました。僕もセックス大好きです。Ｓ気もあります。あなたの希望の強姦プレイも、複数プレイもＯＫです』

「………」

誰が『強姦プレイ』や『複数プレイ』を希望しているのだと思いながら田宮はメールに張ってあった『こちらの掲示板』のＵＲＬをクリックしてみたのだが、画面に現れたページに思わず驚きの声を上げていた。

「なっ」

「どうしました、田宮さん」

どうやらずっと様子を窺《うかが》っていたらしい富岡が振り返り、田宮のパソコンを覗き込もうとしてきたのを、

「なんでもない」

田宮は慌てて画面を閉じて制すると、「席に戻れよ」と富岡を睨んだ。

「真っ青じゃないですか。どうしました」

それでも富岡はしつこく田宮の傍《そば》にいたのだが、横から杉本が「お前、席に戻れって」と厳しい声を上げてきたのには従わざるを得ず、田宮を気にしながらも自分の席へと戻っていった。

「田宮、どうした」

「なんでもありません」

杉本も田宮の顔色の悪さには気づいたようで、心配そうに問いかけてきたのだが、田宮は彼にも無理に作った笑顔を向けて首を横に振ってみせ、また仕事に戻る素振りをした。

「…………」

杉本はそれでも田宮の様子を窺っていたが、ちょうど電話が入り、意識をそちらへと向けてくれた。それを確認したあと田宮はもう一度閉じたメールを開き、先ほど自分の度肝を抜かせた掲示板のＵＲＬを開いた。

どうもそこは、出会い系サイトの掲示板のようなのだが、そこになぜか田宮の名前が写真入りで記されていたのである。

『田宮吾郎　年齢は秘密。Ｔ通商に勤めています。最近彼氏と別れたばっかりで、寂しい夜を過ごしています。僕の淫らな身体と心を癒してくれる逞しい男性募集。身体だけの関係もＯＫ、少々Ｍ気があるので、強引にされるのが好き。複数プレイも一度体験したいなと思ってます。誰か僕を犯してください。連絡先はこちらです』

『連絡先』に会社のメールアドレスが記載されている。田宮は暫《しば》し呆然《ぼうぜん》と画面を眺めていたのだが、こうしている場合じゃない、と慌てて掲示板の管理者を探し始めた。記事の削除依頼を出そうと思ったのである。

管理人にメールをしたあと、田宮は改めて掲示板を見た。写真はどうも隠し撮りをされたもののようだが、顔だけしか映っていないので、いつどこで撮られたものかはわからない。一体どこの誰が、人の本名と勤務先、それに会社のメールアドレスをこのようなゲイサイトに晒《さら》したのだろうと首をひねったが、心当たりはまったくなかった。

会社のメールアドレスは名刺に明記してあるので、名刺交換をした相手であれば誰でも知り得るものではある。仕事先以外で名刺を配ることは滅多にないのだが、仕事先にこのような悪戯《いたずら》をする人間がいるとは田宮にはとても思えなかった。

削除依頼はなかなか受け付けてもらえないようで、そうこうしている間にも田宮のアドレスには何通もの『犯したい』『会いたい』といった熱烈なメールが届き、中には顔写真や自分のナニの写真まで送ってくる輩《やから》が出てくる始末で、これが社に知れたらどうなるのだと、田宮は一日落ち着かない日を過ごした。

その夜、接待を終えたあと田宮は自宅に戻ったのだが、部屋の前に堆《うずたか》く積まれた寿司桶《すしおけ》にぎょっとし、慌てて鍵を開けて中へと入った。

留守番電話が点滅しているのに気づいて再生すると、次々と聞こえてくるのは、蕎麦《そば》屋や寿司屋の憤った声である。

『注文されたので伺いましたが留守とはどういうことですか』

『外に置いておきます。代金は明日取りに伺いますので』

二十件ほどの電話を聞き終えたときには、田宮の顔は真っ青になっていた。

昼間のあの、ゲイサイトの掲示板に顔と本名が晒された嫌がらせと、この出前の嵐という嫌がらせは同じ人物の手によるものなのだろうか——しかし一体誰が、と田宮が首を傾げたとき、深夜近い時間だというのにいきなり電話が鳴り始めた。

「もしもし?」

応対に出たが、受話器の向こうからは抑えた息遣いしか聞こえない。無言電話だ、と思ったと同時に、この電話の主が嫌がらせをしてきた相手ではないかと田宮は思い当たった。

「もしもし?　もしかしてあなた、家に出前を届けさせた人ですか?」

厳しい声で問いかけている間に、ガチャリと電話は切れ、やはりそうか、と田宮は確信を深めたのだが、その相手が誰であるかは思い当たらない。

受話器を下ろした途端、また電話が鳴り、もしや、と思って出ると思ったとおり、同じ相手からのようである。

「あなた、誰なんです?　一体何が目的なんですか」

田宮の言葉の途中でまた電話は切れ、田宮が受話器を下ろすとまたかかってくる。

「…………」

一体誰なのだ——?

謂《いわ》れのない嫌がらせに、憤りを感じていた田宮の胸に、恐怖の念が宿りつつあった。

「もしもし？」

電話に出はしたが、喋る気配のない相手にすぐ受話器を下ろす。またもかかってくる電話のベルの音を聞くのに耐えられず、田宮は電話のコンセントを引き抜いてしまった。

「…………」

ようやく静かにはなったものの、一度宿った不安はなかなか去ってはくれなかった。田宮はその場に蹲《うずくま》るようにしてじっと座っていたのだが、そのときポケットに入れた携帯電話が着信に震えたのにぎょっとし、取り出してディスプレイを見た。

『非通知』

浮かんでいたその文字に、もしや、と思い応対に出る。

「もしもし？」

『…………』

電話の向こうからは、やはり抑えた息遣いしか聞こえてこなかった。

乱暴に電話を切り、電源を落とした田宮の胸の中で、自分の携帯番号まで知られているのかと思うと恐怖の念はますます広がっていった。電気を点《つ》ける心の余裕もなく、暗闇《くらやみ》の中膝《ひざ》を抱え、田宮はただひたすらに高梨の帰りを待ち侘《わ》びていたのだったが、そんな夜に限って高梨はなかなか帰宅せず、眠れぬ夜を過ごすことになった。

3

「あ、新宿《しんじゅく》サメ、遅いじゃないのよう」

ちょうど田宮が無言電話の恐怖に震えていたのと同じ頃、新宿署の刑事、納《おさめ》は、新宿二丁目のホモバー『three friends《スリーフレンズ》』で店主のミトモに出迎えられていた。

「まだ連絡受けてから三十分も経ってねえじゃねえか」

ぶつぶつ言いながらカウンターに座る納の額には、彼が一目散に駆けてきたことが窺える汗がびっしり浮いている。

「なんか飲む？　ビール？　ウイスキー？」

「勤務中だよ。水くれ、水」

熊のようなごつい外見をしてはいるが、よくよく見ると納は愛嬌のある顔をしている。新宿署の『納刑事』という名前から、人気小説の主人公を連想し『新宿サメ』と呼ばれる彼を店に呼び出したミトモは、表向きはホモバーの店主をしているが、裏の顔は納をはじめとする新宿署の刑事が抱える情報屋だった。

ミトモの集めてくる情報の信憑性《しんぴょうせい》には定評があり、納も重宝しているのだが、その彼がいきなり納の携帯に『すぐ来い』と連絡を入れてきたのである。今、特に依頼している事件はないはずだがと思いながらも、ただごとではない様子に納は、慌てて二丁目の彼の店へと駆けつけてきたのだった。

「ウチは水が一番高いのよ」

「よく言うぜ。ミネラルのフリして水道水使ってるくせによう」

冷蔵庫から水割り用のミネラルウォーターの瓶《びん》を取り出したミトモに、納が額の汗を拭《ぬぐ》いながら悪態をつく。

「ちょっとぉ、誰が水道水使ってるって？」

デマ飛ばすのはやめてちょうだい、とミトモは口を尖らせながらも、納の前に氷を入れた水のグラスを置いた。

「で、何が大変なんだよ」

それを一気に飲み干したあと、納がカウンターに身を乗り出し、ミトモの顔を覗き込む。

「つかぬことをお伺いしたいんだけど」

「なんでえ、改まって」

ミトモもまた声を潜め——一応ここはホモバーであるので、本来の目的のために訪れている客も数組いたためである——身を乗り出してくると、納の耳元に小声で囁いてきた。

「あの関西弁《かんさいべん》のセクシーな刑事さん、恋人と別れたの？」

「はあ?」

予想もしていなかったミトモの問いの馬鹿馬鹿しさに、納は驚いたあまり身体を起こし、素《す》っ頓狂《とんきょう》な声を上げた。

「……お前なあ、大切な用事ってのはソレかよ」

『関西弁のセクシーな刑事さん』というのは高梨のことで、ミトモが彼になみなみならぬ関心を抱いていることは納の知るところでもあった。

「そうよ」

「帰る」

悪びれず答えたミトモに、納はぴしゃりと言い捨てスツールを下りかけたのだったが、

「ねえ、別れたの?　別れてないの?」

ミトモはカウンター越し、しつこく納の背中に問いを重ねてきた。

「別れてねえよ」

納と高梨は新米だった頃からの長い付き合いで、今でもマメに連絡を取り合ってはたまに飲みにいくこともあるという間柄である。つい先週も赤提灯《あかちょうちん》で一杯やったばかりだが、そのときも納はこれでもかというほど、高梨から幸せな新婚生活のノロケ話を聞かされたばかりだった。

納は高梨の『新妻』が田宮という男性であることを勿論知っており、面識もあった。最初

納も戸惑いを覚えはしたが、互いが互いを想い合う二人の姿に心を打たれ、今では高梨の職場である警視庁捜査一課の刑事たちとともに、愛し合う彼らに温かな眼差《まなざ》しを注いでいた。

あの二人がそう簡単に別れるわけがないだろう、と納は肩越しにミトモを振り返り睨みつけたのだったが、

「やっぱりね」

ミトモがしたり顔で頷いたのに、疑問を覚え身体を返した。

「なんだよ、何が言いてえんだ？」

「ちょっとコレ見てよ」

ちょいちょい、とミトモが納に手招きしたあと、カウンターの下から小型のモバイルパソコンを取り出してみせる。

「パソコン？」

「ＶＡＩＯの最新型よ……って、違うわよ、パソコン見ろって言ってんじゃなくて、コレよコレ。ほら、これってあの、関西弁の刑事さんの彼氏じゃない？」

言いながらミトモがモバイルを操作し、インターネットに繋いでみせる。

「なに？」

ゲイサイトのものと思われる掲示板の画面になったとき、そこに納は信じられない人物の姿を見出《みいだ》し、驚きの声を上げた。

「ごろちゃん！」

「やっぱりそうでしょ？　この子、今二丁目でもめちゃめちゃ話題になってるのよ。本名どころか会社名まで晒しちゃって、大丈夫なのかしらって……」

「な……な……な……」

驚きが大きすぎて言葉にならない納の問いたいことを予測し、ミトモが一方的に答え始める。

「なんでアタシが気がついたかって？　前にT通商の人事課長、三条《さんじょう》にこの子、さらわれたじゃない。その子が実はあの高梨警視の恋人だったたって話、あとからあんたに聞いてたからさ、それでなんとなく名前を覚えてたのよ」

「で……で……で……」

「でもって、そこに『恋人と別れたばっかり』って書いてあるじゃない？　あんたからそんな話聞いたことなかったし、それにいくら別れてやけになってる人間でも、最低限の保身くらいは考えるモンじゃない。こんな、ワールドワイドに開かれてるウェブに、本名やら勤め先やらメールアドレスを晒すなんてこと、あり得ないんじゃないかと思って、それであんたに連絡したのよ」

「だ……だ……だ……」

「誰がそんなことをしたのかって？　わかんないけど、悪質よね。『M気があります』とか『犯してください』とか、その気になって会社に襲いに行く奴らもいるんじゃないの？」

「お、『犯してください』⁉」

納の声が裏返り、画面を食い入るように覗き込む。

「ほら、ここ」

書いてあるでしょ、とミトモが指差す先を眺める納の鼻から、つうっと赤いものが流れ落ちた。

「ちょっとあんた、鼻血！　鼻血出てるわよっ」

ミトモが驚いてお絞りを手渡したのに、

「す、すまねえ」

納は慌ててそれで鼻を押さえて上を向く。

「一体何を想像したんだか」

「うるせえっ」

呆れて肩を竦めているミトモを怒鳴りつけた納は、再び画面へと目をやり、どうやら隠し撮りされたらしい田宮の写真を見やった。

「悪戯にしては酷えな」

「でしょ。だからあんたに連絡したのよ。高梨さんに知らせようかとも思ったんだけど、万が一本当に別れてたら悪いと思ってさ」

「……本人よりやっぱり高梨に先に知らせるか。こんなことになってると知りゃあ、さぞショックだろうしなあ」

沈痛な面持ちでそう言いながら納がポケットの中の携帯に手を伸ばしかけたとき、いきなりその携帯が鳴りだした。

「はい、納」

夜中に彼の携帯が鳴るときは、ほぼ百パーセント仕事の呼び出しだった。今回も例外ではなかったようで、途端に厳しい表情になった納を前に、ミトモはじっと様子を窺っていた。

「わかった、すぐ行く」

短く答えると納は電話を切り、ミトモに視線を向けた。

「悪いが、この記事、なんとか取り下げてもらえるよう手配してもらえねえか」

「わかったわ。任せてちょうだい」

微笑みながら頷いたミトモに「頼むぜ」と納は片手を上げると、勢いよく店を出ていった。

「……さてと」

その後ろ姿を見送ったあと、ミトモが小さく呟きながら携帯を取り出し、かけ始める。

「あ、シュウちゃん？　あんた、ヤバいわよ。ほら、例のあの可愛こちゃん。やっぱり悪戯ですって。早く削除したほうがいいわよ。え？　本人から削除依頼もあった？　でも問い合わせがすごくて削除したくない？　馬鹿ねえ。アノ子、警察関係者よ。いつまでもあのままにしとくと、あんたの手も後ろに回っちゃうわよ。そうそう、削除する前にちゃんとログ取るのよぅ」

電話の向こうで慌てた声を上げる『シュウちゃん』にミトモは「わかったわね」と念を押し、電話を切ったあと再び例の掲示板を開いた。

「あら、シュウちゃん、仕事早いじゃない」

先ほどまで見ることができた掲示板が「not found」になっている。データをすべて削除したらしいとミトモは一人満足げに笑うとパソコンを閉じ、カウンターの下にしまい込んだあとはまた、ホモバーのママとしての仕事に精を出し始めた。

「納、こっちだ」

殺人事件が発生したという呼び出しに応じ、納が駆けつけたのは新大久保《しんおおくぼ》にあるラブホテル『ラブパレス』の一室だった。

「外国人ですか」

「見りゃわかんだろ」

先輩刑事が納を死体のところまで案内してくれたのだが、部屋の中央、円形のベッドの上で金髪の若い女性が全裸で仰向《あおむ》けに倒れていた。

「絞殺ですか。凶器は？」

「紐状《ひもじょう》のモンだってよ。ネクタイかなんからしいと、アキ先生が言ってたぜ」

先輩刑事は納に負けず劣らず大柄の、その上ガラの悪い男なのだが、その彼が目で示した先には監察医の『アキ先生』こと栖原秋彦《すはらあきひこ》がおり、納に会釈をして寄越した。

「現状には？」

「残されてねえから『ネクタイかなんか』って言ってんだろうがよ」

「そりゃそうですね」

突っ込みさながら、ぺし、と納の頭を叩いた先輩がふと顔を上げ、入り口を見やった。

「どうやら本庁のお出ましらしい」

動物的勘が優れているのか、はたまた聴覚や嗅覚《きゅうかく》がヒトの数十倍発達しているのか、彼がそう言ってから暫くしたあと、どやどやという大勢の足音が響いてきた。

「あ、高梨！」

先頭に立って入ってきた、長身の美丈夫の名を呼ぶ納の声が弾んだ。

「おお、サメちゃん。久しぶりやな」

爽やかな笑顔で納に近づいてきたのは、警視庁捜査一課の高梨だった。

「よお、高梨さん、久しぶり」

「ご無沙汰《ぶさた》していいます。相変わらずお元気そうで」

納の先輩刑事に高梨は丁寧な挨拶を返したあと、「で、ガイシャは」と二人に尋ねた。

「マリア・レイアー、国籍はオーストラリア。英語学校の講師らしい」

ハンドバッグから学校発行の身分証明書が出てきた、と先輩刑事は鑑識に合図し、被害者のバッグを持ってこさせた。

「英語学校『エリート』か。しかし言うてはなんやけど、あまり先生っちゅう感じはせえへんな」

取り出した身分証の写真を見ながら、高梨がそう言うのに、

「ああ、俺もガイシャを見たとき、言っちゃなんだがホステスか、もう少しいかがわしい商売の女かと思った」

納も頷き、絶命している金髪女性の——マリアの化粧の濃い顔を見下ろした。

「実際ラブホテルで殺されてるからな。表向きは講師でも、裏ではもしかしたらその手の商売にも手を染めていたのかもしれない」

先輩刑事が頷いたところに、新宿署の橋本《はしもと》刑事が駆け込んできた。

「ダメです。このホテルは駐車場からは有人のフロントを通らずチェックインできる仕組みになっているもので、ガイシャと一緒だった男の姿は誰も見ていないそうです」

「監視カメラは？」

「あるにはありますが、管理室で見ているだけで、テープには残していないそうです」

納の問いに橋本が肩を竦めて答えたのにかぶせ、

「男の遺留品は今のところ見つかりませんなあ」

年配の鑑識の声が響く。

「死亡推定時刻は昨夜の午後十一時から午前一時というところかな。殺されてからさほど時間は経ってないよ」

「お願いします」

監察医の栖原も言葉を足し、「そろそろ遺体を運んでもいいかな」と確認を取ってきた。

高梨が頭を下げたのを合図に、栖原が助手たちに指示を出し、遺体をブルーのビニールシートで包み始める。

「現状をひととおり見たら、いったん署に戻って捜査方針を立てましょう」

高梨が周囲の刑事たちに声をかける。

「わかりました」

「それでは後ほど」

わらわらと捜査員たちが出ていく中、高梨は現場を歩き回り始めた。

「あのよ、高梨」

捜査中ではあるが、一応耳に入れておいたほうがよいかと思い、納は周囲に人がいなくなるのを待って、高梨の背に声をかけた。

「なんや、サメちゃん。おかしな顔して」

「うん、あのな」

いつもであれば『どうせ俺の顔はおかしいよ』などと軽口を叩く納が、やたらと真剣な顔を寄せてきたのに、ただごとではないのだなと察した高梨の顔も真剣になる。

「……実は、ごろちゃんの……あ、いや、田宮さんのことなんだけどな」

「ごろちゃんの？」

まさかこの場で愛《いと》しい恋人の名が出るとは思わず、驚きの声を上げた高梨だったが、納の話が進むにつれ彼の顔は益々真剣になっていった。

「何者かに嫌がらせを受けているようだ。ゲイサイトに本名と写真、それに会社のメールアドレスが晒されている。ミトモに削除させるよう頼んだが、高梨、お前、なんぞ心当たりはないか？」

「……いや、僕には何も……」

青ざめた顔で首を横に振った高梨だったが、すぐ我に返ったように内ポケットから携帯を取り出しかけ始めた。

「……さっき、帰りが遅うなる、いう電話かけたときも留守電やったんやけど……」

今回もまた留守番電話に繋がったようで、「寝とるんやろか」と言いながらも高梨の顔からさあっと血の気《け》が引いてゆく。

「……ここからだったら、車で往復三十分もかからねえだろ。様子見てきたらどうだ？」

「……しかし……」

これから捜査方針を立てる会議に入るというときに、私事で遅れるわけにはいかない、と躊躇《ためら》う高梨の背を、納の大きな手がどやしつけた。

「心配で気もそぞろになるくらいだったら、無事を確認してすぐ戻ってくりゃあいい。今のお前にゃ捜査の指揮は執れねえだろ」

「………」

高梨は少しの間考え込んでいたが、やがて意を決した顔になると再びポケットから携帯を取り出しかけ始めた。

「あ、課長、すみません。高梨です」

納が見守る中、高梨は硬い声で簡潔に事情を説明していたが、すぐ課長から許可は取れたらしい。

「申し訳ありません。すぐ戻りますので」

頭を下げ電話を切ると、よかった、というように頷いた納に笑顔を向けた。

「かんにん、サメちゃん。すぐ戻るよって」

「まったくよう、黙って行っちまえばいいのに、お前は相変わらず真面目だな」

またも大きな掌で背中をどやしつけた納に、

「ほんま、感謝しとるわ」

高梨は片目を瞑《つむ》って答えると、全速力でホテルの部屋を駆け出していき、納も彼のあとに続いて部屋を出ると、署に戻るべく橋本の車に乗り込んだのだった。


覆面パトカーのサイレンを鳴らさずとも、東高円寺《ひがしこうえんじ》にある田宮のアパートには十分ほどで到着した。アパートの部屋を見上げ、灯りがついていないことに高梨の胸には不安が込み上げてきたが、深夜三時半という今の時間、ついているほうがおかしいと自分に言い聞かせ、外付けの階段を駆け上った。

「なんやこれ……」

田宮の部屋の前に堆く積まれた寿司桶に戸惑いの声を上げた高梨は、これも何者かの手による嫌がらせかもしれないと気づき、慌ててドアチャイムを連打した。

ピンポン、ピンポン、ピンポンと、何度押しても田宮が応対に出る様子はない。だが室内には確かに人がいる気配がすると、高梨は拳《こぶし》でドアを叩きながら中へと呼びかけてみた。

「ごろちゃん。僕や。おるんやろ?」

その途端、部屋の中から人が駆けてくる足音がしたかと思うと、勢いよくドアが開き、田宮が飛び出してきた。

「良平！」

「ごろちゃん、どないしたんや」

胸にしがみついてくる田宮の背を力強く抱き締め、高梨が彼の耳元に囁きかける。

「ごめん……」

田宮がはっと我に返ったように顔を上げ、少し照れたように笑ってみせたが、月明かりの中彼の顔は、白いほどに真っ青だった。

「どないしたん？」

おかえり、と高梨を中へと導く田宮に、高梨が問いを重ねる。部屋の灯りをつけたとき、電話機の電源コードが抜かれているのが目に入り、高梨は、

「なんでもない。大丈夫だよ」

と彼を心配させまいと気丈に首を横に振る田宮の身体を抱き締めた。

「良平？」

「なんでもないことないやろ？　どないしたん？　何があったん？」

「……良平……」

田宮の両手が高梨の背に回り、ぎゅっと身体を抱き締め返してくる。

「ゲイサイトに本名やらメールアドレスやら晒されたんやて？　大丈夫か？　それにあの出

前、あれも嫌がらせなん？」

「良平」

田宮が驚いたように顔を上げたのに、

「心配で捜査、抜け出してきてもうた」

高梨は彼を安堵させるよう、わざとふざけた口調でそう言い、笑ってみせた。

「……ごめん」

「ごろちゃんが謝ることやない。どないしたん？　何か心当たりあるんか？」

背を抱き締めながら、額をつけるようにして顔を見下ろし、高梨は田宮に問いかける。

「何もないんだ……もう、俺も何がなんだかわからなくて……ゲイサイトのことも、出前のことも、それに、無言電話も何回もあって、それで電話のコンセント抜いたり、携帯の電源切ったりしてたんだけど……」

「住所も電話番号も、携帯番号まで知られとるゆうわけか……」

ぽつぽつと答える田宮の言葉を頷きながら聞いていた高梨は、小さくそう呟くと、更に強い力でぎゅっと田宮の背を抱き締めた。

「……僕がずっとここにおられればええんやけど」

「大丈夫だよ。戸締りもちゃんとするし、それにあと数時間で朝だし」

心配をかけまいと、無理に笑顔を作ってみせる田宮への愛しさが高梨の胸に込み上げてき

て、たまらず背を抱く腕に更に力を込めてしまったのだが、

「捜査なんて抜けてきちゃダメだろ。早く戻らないと」

田宮は高梨の胸に両手をついて身体を離すと、実直な彼の性格をそのまま表したような真面目な顔でそう言い、じっと高梨を見上げてきた。

「俺は大丈夫だから」

「……ごろちゃん、ほんま、かんにんな」

本当にこのまま傍にいて、不安と恐怖に震える細い肩を抱き締め続けたいという願いはあるが、それが許されない立場に高梨はいる。

「様子見に来てくれて、本当に嬉しかったから」

高梨以上に彼の職務を理解している田宮は、心底申し訳なさそうな顔で頭を下げた彼に微笑みで答え、一瞬だけ高梨の背をぎゅっと力強く抱き締めてから身体を離した。

「泊まり込みになりそうか?」

「ああ、多分な」

また連絡するわ、と高梨が名残《なごり》惜しそうに背に回した腕を解《ほど》いたのに、

「長引くようなら差し入れ、持っていくから」

田宮も名残惜しそうに微笑み、彼を玄関先まで見送った。

「久々にお稲荷《いなり》さん食べたいいて、皆言ってたわ」

「わかった。腕によりをかけて作るよ」

恒例の『いってらっしゃい』のチュウを交わしたあと、

「近所の交番に一応巡回は頼むけど、ほんま、気をつけてな」

高梨は田宮に念を押し、部屋をあとにした。

「……ほんまに一体誰が……」

ドアの外、いくつも積まれた寿司桶が再び目に入り、高梨の憤りを煽《あお》ってゆく。

「……あかん……」

やりきれない思いはあるが、今は一旦《いったん》田宮のことは頭の外へと追い出し、捜査の指揮を執らなければならない。

「因果な商売や」

ほんまになあ、と呟きながらも高梨の顔は今や、検挙率では全国でも群を抜いているという厳しい刑事の顔に戻りつつあった。

4

翌朝、田宮は出かける前に届いた出前の品をチェックし、中身をゴミに出すと、会社から連絡を入れようと請求書をまとめて鞄《かばん》にしまった。

高梨から連絡が入るかもしれないと、彼が仕事に戻ったあとに携帯の電源を入れたが、その後無言電話がかかってくることはなかった。日が昇ると恐怖も幾分薄れてきて、家を出る時間になる頃には田宮も随分落ち着きを取り戻しつつあった。

今朝も英語の講習があるために、六時半になったところで出かけようとした田宮の耳に、ピンポンピンポンというドアチャイムの音が響いてきた。

「…………」

こんな早朝に、と眉を顰めた田宮だったが、続いてトントンとドアがノックされる様子に、昨夜の高梨の帰宅を思い出した。

もしかしたら高梨の仕事がひと段落ついたのかもしれない——もう大丈夫だからと高梨を送り出したものの、未だに不安を覚えていたのもまた事実で、田宮は心が弾むのを抑えきれずに玄関へと駆け寄り、トントンとノックの音が響くドアを勢いよく開いた。

「おかえり！」

「おはようございます！」

満面の笑顔で開いたドアの外、予想したのとまるで違う男の出現に、田宮の顔が引きつった。

「と、富岡……」

「いやあ、朝から田宮さんの笑顔に迎えられるっていうのはいいですねえ」

やにさがった顔を向けてくる会社の後輩、富岡の姿を前に、田宮は一瞬呆然と立ち尽くしてしまったのだが、

「さ、行きましょう」

その富岡に腕を取られたのに、はっと我に返った。

「どこに行くって？」

「『エリート』。今日も授業の日でしょ？」

さも当然のように言い、歩きだそうとする富岡の手を、田宮は慌てて振り払った。

「ちょ、ちょっと待て」

「遅刻しますよ。さあ、早く行きましょうって」

「なんでお前が、ウチまで迎えに来てんだよ」

わけがわからない、と問い詰める田宮の前で、富岡は一瞬、どうしようかなという顔にな

ったあと、

「実はある人に頼まれまして」

言いにくそうな顔でそう告げ、ぽりぽりと頭をかいてみせた。

「ある人って？」

まさか高梨であるはずはない——その確信はあるものの、他に思い当たる節がない。首を傾げた田宮だったが、富岡の答えには仰天し、朝っぱらから大きな声を上げてしまった。

「納さんですよ」

「ええー⁉」

なぜに納が、という疑問は、実は富岡も抱いていたようで、

「いやあ、僕も最初、電話もらったときには驚いたんですけどね」

またもぽりぽりと頭をかきながら事情を説明し始めた。

「田宮さん、本名とメールアドレス、それに社名も。ゲイサイトに晒されたんですって？」

今日は車で来たのだと、富岡は田宮を強引に彼の愛車、濃紺のＢＭＷの助手席に乗せると、運転しながら話を続けた。

「……ああ……」

昨夜帰宅した高梨も、ゲイサイトのことは知っていた。経緯はわからないが多分、納にも知られてしまっているのだろうと、大人しくその事実を認めた田宮に、

「昨日田宮さんがメール見て動揺してたの、そのせいだったんですね」

なんで相談してくれないんですか、と富岡は憤った声を出し、乱暴な仕草でハンドルを切った。

「お前、安全運転しろよ」

助手席で慌てた声を上げた田宮を、富岡がじろりと睨みつける。

「そんなに僕は頼りにならないですかね」

「いや、お前がどうこうという問題じゃない。あまり人に知られたいような内容じゃなかったし、単なる悪戯だと思ったしな」

決して言い訳をしようとしたわけではなく、正直に思うところを告げただけなのだが、富岡は田宮の答えに、ほとほと呆れたという溜め息で応えた。

「あのねえ、誰がどう考えても『単なる悪戯』の範疇を超えてるでしょう？　本名に会社名、それにメールアドレスですよ。えげつない紹介文もついてたっていうし、本気にした馬鹿が会社の前であなたを待ち伏せする危険だって充分あるんです。わかってます？」

「……まあ、確かに悪戯の域は超えてるな、とは思ったけれど……」

「それならなぜ、相談してくれないんです。僕が頼りにならないっていうなら、『良平』に真っ先に相談してもいいんじゃないですか？」

「…………」

まさか富岡の口から、彼が常に『恋敵』と称している高梨の名が出るとは思わず、田宮は驚いた視線を彼へと向けた。

「……まあどうせ、あなたのことですから『迷惑かけたくない』とかなんとか、馬鹿げたことを考えたんでしょうけど」

「………」

図星を指され、黙り込んだ田宮に、

「やっぱりね」

やれやれ、とまた富岡は聞こえよがしに溜め息をつくと、「いいですか」と子供に言い聞かせるような口調で話を続けた。

「迷惑をかけたくないというあなたの気持ちはわからないでもないし、自分のケツは自分で拭《ふ》こうという気概も勿論、同じ男としてわかります。でも今回の場合は、自分でなんとかできる程度を超えてるでしょう？　もう少し自分ってモンを大切にしてくださいよ、田宮さん」

わかりましたか、と富岡が顔を覗き込んでくる。

「……ああ……」

彼の言葉はいちいち正論で、反論の余地はまるでない。確かに軽く考えすぎていたかもしれないと、その後の自分への嫌がらせの数々を思い起こしながら田宮は富岡の前で、

「悪かったよ」

素直に謝り、頭を下げた。

「僕に謝らなくてもいいですから、これから気をつけてくださいね」

田宮の謝罪で富岡の憤りも収まったのか、笑顔でそう言ったあと、彼がこうして田宮を車で迎えに来た経緯を話し始めた。

「夜中に納さんから電話があってね、会社で危険な目に遭わないように、田宮さんの身の安全に目を配ってほしいっていうんですよ。今、高梨警視は事件で手が離せないそうだし、同じ会社という利点を生かして、僕にあなたのボディガードをしてほしいと、そう頼まれましてね」

「ちょ、ちょっと待て。なんで納さんがそんなことを？　しかもお前に？？」

ありがたいといえばありがたい心遣いではあるが、その心遣いをしたのが納というのは、田宮の理解を超えていた。

「僕も、なんで納さんが、とは思ったんですがね」

富岡もまた疑問に思っていたようで、暫く二人して理由を探し、首を傾げていたのだが、答えなど見つかるわけもない。

「ともあれ、当分僕が田宮さんを送り迎えしますから」

安心してください、と富岡が胸を張るのに、それこそなぜに富岡が、と田宮は問いを挟もうとしたのだが、

「いやあ、本当に田宮さん、僕と同じ会社でよかったですね」

浮かれる彼には田宮の疑念の声は届かず、鼻歌を歌う富岡の横で、田宮は予想もできない今後の展開に戸惑いを覚えるあまり、大きく溜め息をついたのだった。


『エリート』は早朝だというのに、やたらとざわついている様子だった。

「何があったんでしょうね」

「さあ」

慌ただしく人が出入りをする中、いつもの教室で待っていると、七時半を五分ほど回った頃に、長谷川が「遅れてすみません」と笑顔で入ってきた。

「あれ、今日も振り替えですか?」

富岡の姿を認め、長谷川が尋ねてきたのに、

「それより、何かあったんですか?」

人より好奇心旺盛《おうせい》な富岡が、逆に長谷川に尋ね返した。

「さあ、なんなんでしょう。校長のところに来客があったという話なんですが、詳しいことは僕も知らないんですよ」

長谷川はとぼけているようには見えず、彼もまた騒ぎを不審に思っているようだと、横で話を聞いていた田宮がぼんやりそんなことを考えていたとき、

「失礼します」

高らかにノックの音が鳴り響いたと同時に、あまりに聞き覚えのある声がドアのほうから聞こえてきて、田宮も、そして富岡も長谷川も、勢いよくドアを見やった。

「あ」

そのドアを開き、中に踏み込んできた途端、驚きの声を上げたのはなんと——高梨だった。

「良平？」

「なんで⁇」

田宮と富岡もまた驚き、そう呼びかけたのだが、

「どうした、高梨」

高梨の後ろから室内へと入ってきた男もまた、室内にいる人物に驚き、素っ頓狂な声を上げる。

「ごろ…あ、いや、田宮さん？　それに富岡君？　なんだってまた……」

「お、納さん……？」

「そりゃこっちの台詞《せりふ》ですよ。なんだって納さんや高梨さんがこんなところに？」

富岡が問い返したのに、納がどうする、というように高梨を見やる。

「あの……」

長谷川は、一体何が起こっているのかと一人わけがわからない様子で、突然登場した男二人と、どうやら顔見知りらしい生徒たちを代わる代わる見やっていたが、そんな彼に高梨が一歩を踏み出し、内ポケットから取り出した警察手帳を示して見せた。

「失礼。警察の者です。長谷川佳治《よしはる》さんですね？」

「え、ええ……」

警察手帳を見せられたとき、長谷川の顔が一瞬引きつったように見えたのは目の錯覚だろうかと思いながら、田宮は怒濤《どとう》の展開に戸惑い、突然姿を現した恋人を、その背後であわあわと自分以上に動揺しているらしい納の姿を、言葉もなく眺めていた。

「少しお話をお伺いしたいのですが、署までご同行願えますか？」

「あの、何についての話でしょう。僕はこれから授業があるんですが……」

高梨の要請に長谷川はそう言い、授業を受けるのは彼らだというように、田宮と富岡に視線を向けた。

「それが少々急を要する話でしてね。講師のマリア・レイアーさんのことは勿論ご存知ですよね」

「ええ、そりゃ知っています。彼女が何か？」

仕事中、高梨は関西弁ではなく標準語を使うことが多い。日頃の優しげな声音とは違うきびきびとした口調に新鮮さを感じながら聞いていた田宮は、自分の知っている名前が彼の口から出たことに驚いたのだが、続く高梨の言葉に仰天し、思わず大きな声を上げてしまった。

「昨夜殺害されましてね、その件について長谷川さん、あなたからお話をお伺いしたいのです」

「殺された？」

「なんだって？」

田宮の声と、長谷川の心底驚いた声が、教室内に響き渡った。

「……ごろちゃん、どないしたん？」

田宮の驚きぶりは、高梨をも驚かせたようだ。先ほどまでの厳しい声音とは百八十度違う、心底田宮を案じているような優しげな声で問いかけてきたのに、

「『ごろちゃん』？」

長谷川が訝《いぶか》しげに高梨と田宮を代わる代わる見やる。

「俺のクラスの先生だったんです。一回しか会ったことはないんですが……」

高梨の立場を気遣い、わざと敬語で答えた田宮に、

「そうやったんか」

高梨はそのような気遣いは無用とばかりに、いつもの関西弁でそう頷くと、にこ、と微笑んでみせた。

「あの、マリアが殺されたとおっしゃいましたが、一体誰が彼女を殺したんです？」

最初の衝撃が去ったのか、長谷川が横から高梨に問いかける。

「その件に関しまして、我々も長谷川さんから是非ご意見をお伺いしたいと思いましてね」

高梨の顔にまた緊張感が戻り、厳しさを湛《たた》えた声が室内に響いた。

「意見と言われても、私は事務担当でして、講師一人一人の人間関係や私生活に関する知識はまるでありません。お話しできるようなことは何もないと思うのですが……」

長谷川は今や完全に落ち着きを取り戻した様子で、理路整然と高梨に言葉を返したのだが、高梨は彼以上に落ち着いていた。

「我々が聞きたいのはマリアさんを取り巻く人間関係というよりは、あなたとマリアさんの関係です」

「ちょっと待ってください、僕と彼女の間にはそんな、特別な関係などありませんよ」

冗談じゃない、と長谷川が張り上げた大声に、納の怒声がかぶさった。

「あんたのロッカーから、凶器のネクタイとマリアさんの手帳が見つかったんだよ。それをどう説明するのか、じっくり署で話を聞きたいと言ってるんだ」

「なんですって？」

驚愕《きょうがく》に目を見開き、殆ど絶叫というにふさわしい大声を上げた長谷川の腕を高梨が、がしっと摑んだ。

かってゆく。

「いや、ちょっと待ってくれ。知らない、僕は何も知らないんだ」

長谷川が動揺し、周囲を見回すのにかまわず、高梨は彼を引きずるようにしてドアへと向かってゆく。

「罠《わな》だ。僕は何も知らない。誰かが仕組んだ罠なんだ」

「お話は署で伺いますから」

長谷川が暴れだす前にという配慮なのか、高梨は呆然とした表情の彼を連れ部屋を出ていき、中には納と田宮、それに富岡の三人が残った。

「あの、納さん……」

「詳しい事情はちょっとまだ説明できねえんだ。悪いな」

田宮が何を問いかけるよりも前に、納は早口でそうまくし立てると、

「それじゃあ」

と片手を上げ、踵を返そうとした。

「あ、納さん！」

そんな納の背を呼び止めると田宮は、肩越しに振り返った彼に向かい、深々と頭を下げた。

「色々とお気遣いいただき、ありがとうございました」

「気遣いって……ああ」

納は丁寧な田宮のお辞儀に驚いたように目を見開いたが、やがて何に対する謝意かわかったようで、

「余計なことをしたんじゃねえかと案じていたんだが、俺も心配だったもんで……」

酷く照れた顔になったあと、「頭を上げてくださいよ」と田宮に声をかけた。

「一応、例の掲示板のほうは削除が終わってますんでね」

「……本当にありがとうございました」

よかった、と安堵の息を吐きながら、田宮がまた深く納に頭を下げる。

「ああ、実際手配したのは俺じゃないから……なんぞ困ったことがあったら、なんでも言ってきてください」

田宮の感謝の眼差しは納を酷く照れさせるようで、他人行儀な口調でそうまくし立てると、

「それじゃあ」

と今度こそ踵を返し、部屋を駆けだそうとした。

「田宮さんのガードは任せてくださいよ、納さん」

富岡がそんな彼の背に声をかける。

「会社でのガードは勿論、送り迎えもばっちりですので」

「え？」

富岡の言葉に納は驚いたように足を止めた。

「送り迎えまでは頼んでないだろ？　会社で気をつけてやってほしいとは確かに言ったが……」

「ええ？」

不審さを隠そうとしない納に、田宮が驚きの声を上げる。

「ああ、いや、まあ、アレですよ。用心するに越したことはないっていうか、念には念を入れよっていうかね」

「ちょっと待てや、お前にそんなこと頼んだと高梨に知れたら、俺が怒られるじゃねえか」

慌てて言い訳を口にする富岡に、納が焦って抗議する。

「富岡――っ」

そんな彼らのやり取りから富岡の『過ぎたるは及ばざるがごとし』ケアに気づいた田宮の怒りの絶叫が、英語学校『エリート』内に響き渡った。

「だからぁ、通勤途中だって充分危険だと、僕は思ったんですよ」

納が逃げるようにして教室を出ていったあと、一人で社に向かおうとする田宮に富岡は必死に追い縋《すが》り、なんとか彼を自分の車の助手席へと座らせると山のような言い訳をし始めた。

「納さんは単に、会社の中でのことを頼んだんじゃないか。しかも『ガードしろ』なんて言ってない、『気にかけておいてくれ』程度だったたんだろ？　それをなんだよ、お前は勝手な解釈して……」

「それだけ田宮さんのことが心配だったんですよ。わかってほしいな、この男心を」

「お前の場合下心だろ？」

「上手《うま》いなあ。座布団一枚だ」

「馬鹿じゃないかっ」

まったくもう、と凶悪な顔で睨んでくる田宮の怒りを削《そ》ごうとしたらしく、富岡は、

「それにしても、殺人とは驚きましたねえ」

わざとらしく話題を変え、話を強引に続けていった。

「長谷川のロッカーから凶器が出てきたって言ってましたよね。となると犯人は長谷川ってことなんでしょうが、なんか違和感ありますよねえ」

「確かに……」

うん、と頷く田宮はもう、富岡への怒りを半ば忘れているようである。

「長谷川もまあ、胡散くさいところがないとは言い切れませんが、殺人犯には見えないんだよなあ」

「俺は胡散くささも感じないけど、マリアが殺されたと聞いたときの長谷川さんの顔、心底

驚いていたように見えたよな」

「あれが演技なら、確かにアカデミー賞ものですよね」

うーん、と田宮と富岡は二人して、高梨と納に追い詰められる長谷川の表情を、彼の言動を思い起こし、首を傾げた。

「動機はなんなんでしょうね。痴情のもつれとか？」

「それこそ想像がつかないな。講師としてのマリアに不満を抱いているというような発言は聞いたことがあったけれど、まさかそれが動機とは思えないし」

「長谷川にしろ、マリアにしろ、言っちゃなんですが、僕たちとは殆どかかわり合いがない人間ですからねえ」

偶然その場に居合わせただけで、という富岡に、田宮も「そうだな」と相槌を打ったのだが、その後、長谷川が自分にとって、密度の濃い『かかわり』を有していたという事実が明かされることなど未来を見通す力のない彼に予測できるわけもなかった。

目の前で知人が殺人事件の容疑者として連行されるという出来事に衝撃を覚えながらも、詳細を追及したいという考えも起こらず、田宮の関心は、今後英語学校はどうなるのだろうという、個人的なものへと移っていった。

ちょうどその頃高梨は、新宿署に連行された長谷川を納とともに厳しく問い詰めていた。

「これが凶器となったネクタイ、そして現場から持ち去られたと思われる手帳です」

ビニール袋に入れられたそれらの『証拠品』を提示されても、長谷川の態度は一貫していた。

「知りません。何かの間違いか、誰かが僕を嵌《は》めようとしているとしか思えません」

「そしたら長谷川さん、あなた、昨夜の二十三時から深夜一時の間、どこで何をしていましたか?」

「家で寝てました。一人暮らしですから誰も証明してくれる人はいませんけど」

先回りして答えるあたり、なかなかにこの男は頭の回転が速いのだなと思うのと同時に、用意周到という印象を抱かせるその態度が己への疑いの色を濃くするということに気づかない浅はかさは、彼の若さゆえのものなのかと、高梨は長谷川を前にしながら、先ほど『エリート』の社長から借りてきた彼の履歴書をちらと見やった。

長谷川佳治、二十四歳、アメリカのカレッジを卒業後、半年ほど前に帰国、英語学校『エリート』に事務として入社している。

出身は長野《ながの》だが今は東京で一人暮らしをしている——履歴書からはその程度のことしかわからないが、几帳面《きちょうめん》な仕事ぶりには定評があると、社長や他の職員たちからの評価は、こと仕事に関しては上々だった。

ただ、人となりの部分になると、どうもあまり人付き合いが得意ではなかったようで、講師や同じ事務の人間、それに校長とも時折ぶつかることがあったという。

「真面目なんだと思いますがね」

校長の木村はフォローしていたが、実際長谷川に捜査陣の目を向けさせたのもまた彼だった。被害者のマリアの人間関係を尋ねたとき、つい先日長谷川と彼女が激しく言い争っていたことを教えてくれたのである。

他の外国人講師からも、長谷川とマリアが揉《も》めていたという話が出たこともあり、それで彼のロッカーを校長立ち会いのもと開けてみたところ凶器が発見され、こうして任意同行となったのだった。

「二十三時から就寝してたんですか。随分早いですなあ」

後ろから納が、長谷川を挑発しようとしたのだろう、明らかに馬鹿にしたような口調で問いかける。

「早いことはないでしょう。まあ、数本電話をかけたりはしましたが」

「どちらにかけはったんです？」

今や『電話』といえば大抵は携帯を指す。それこそどこにでも『携帯』できる電話から誰にかけようが、アリバイにはならないことなど、高梨も勿論わかっていた。

なので長谷川にそう問いかけたのは、会話の接ぎ穂のようなものだったのだが、その長谷川の目が一瞬泳いだことに、高梨は目ざとく気がついた。

「プライバシーです。お答えする必要はありません」

必死で冷静さを保とうとしている長谷川に、一体彼は何に動揺したのかと訝りつつ、高梨は納を振り返った。

「サメちゃん、あと、頼むわ」

「おう」

納は高梨が何かに疑念を抱いたことに気づいたらしく、即刻立ち上がると高梨に代わって長谷川の正面に座った。

「竹中《たけなか》、ちょっと中頼む」

取調室を出たところに控えていた部下の竹中に声をかけ、捜査一課に戻ると、高梨は長谷川の携帯の履歴の問い合わせを命じた。

「為念、家の電話も調べてくれるか」

「なんだ、高梨、電話がどうした」

部下に指示を与えている高梨の様子を見ていた捜査一課長の金岡《かなおか》が、訝しげな顔で声をかけてきた。

「ホシはあいつで決まりだろう？　凶器のネクタイとガイシャの手帳、これほど確かな物証はなかろう」

「まあ、僕も十中八九間違いないとは思うんですが、ちょっと気になりまして」

頭をかく高梨に、金岡が「ほお」と目を見開く。

「いつもの『刑事の勘』か」

通常、部下が捜査方針から外れたことをしようものなら、足並みを乱すなと怒鳴りつけるであろう課長も、高梨の『刑事の勘』には——否、高梨自身に一目置いているために、叱責《しっせき》することはない。

「お前の勘はやたらめったら当たるからな」

「三割がええとこやないですか」

「阿呆《あほう》。プロ野球選手かて、三割バッターはようけおらんで」

「課長、嘘くさい関西弁使わんといてください」

叱責どころか課長と高梨の間で暫くの間軽口の応酬が続いたのだが、

「出ました！」

若手の一人、山田《やまだ》が早速に取り寄せた長谷川の電話の通信記録を掲げてみせたのに、二人の視線はそちらへと移った。

「携帯電話からの通信じゃあ、アリバイにはならんだろう」

金岡課長が至極もっともなことを言うのに、高梨が頷く。

「確かにアリバイにはなりませんが、電話の話題になったときに長谷川の様子がなんやおかしゅうてね」

「様子がおかしい？」

どういうことだ、と問いかけてくる金岡に、

「ロッカーから凶器が見つかったことが知れたのには長谷川も動揺しとりましたが、取調室に連れてこられたときにはもう、すっかり落ち着きを取り戻して、容疑者とは思えんような冷静な受け答えをしとったんやけど、犯行時刻には何本か電話をかけとった、いう話になったときだけ、一瞬酷く動揺したんですわ」

高梨は簡単に説明をすると、山田から渡されたデータを上からチェックし始めた。

「電話の話題で動揺ねえ……ガイシャからかかってきたんじゃないか？　ああ、そうだ。犯行現場になったラブホテルに来いという、呼び出しがあったんじゃないかな。それで通話記録を取られるのを恐れたという……」

「あ」

金岡が己の推理を滔々《とうとう》と話し始めたのを、それこそ動揺激しい高梨の驚きの声が遮った。

「どうした、高梨」

「警視、なんか出ましたか」

金岡をはじめ、捜査一課の皆が高梨の周囲に集まってくる。

「いや、これ……」

未だに動揺している様子の高梨が、手にしたリストを指差した、その先を見た皆は驚きの声を上げた。

「なんですか、これ。同じ相手先に何十件も……」

「気味悪いですねえ。百回以上、かけてるんじゃないですか」

長谷川の携帯の発信記録は、昨夜の午前零時過ぎから数十秒置きに、同じ番号がずらりと、それこそ百件近く並んでいた。

「まるで悪戯電話ですよ」

「まるでじゃなくて、悪戯だろう」

ボケたことを言う山田に、金岡の突っ込みが飛ぶ。

「すみません」

場は一瞬笑いに沸いたが、いつもであれば笑いの輪の中心にいる高梨のみ、青い顔をしてじっとリストを眺めていた。

「どうしたんだ?」

高梨の様子がおかしいことにすぐに気づいた金岡が、心配そうな顔で問いかけながら、彼が眺めているリストを上から覗き込む。

「……あ……」

そのとき金岡もまた、あることに気づいたようで、小さく驚きの声を上げ、高梨へと視線を戻した。

「……ええ……」

高梨が鎮痛な面持ちで金岡の視線を受け止め、小さく頷いてみせる。

「やっぱりこの番号……お前の家のか」

彼の表情から金岡は、自分の考えが正しいと悟ったらしい。溜め息交じりにそう言ったのに、室内にいた刑事たちは皆、口々に驚きの声を上げた。

「なんですって？　警視の？」

「一体なんで長谷川が？」

「警視の家に百回以上電話をしてたっていうんですか」

決して狭くはない室内が、蜂《はち》の巣をつついたような騒ぎになる。

「僕の家……いうより、この番号は……」

刑事たちが皆、動揺を隠せず騒ぎ立てる中、ようやく落ち着きを取り戻した高梨が、リストに並んだ数字を指で弾いた。

「この番号は……ごろちゃんの家の番号や」

そのとき高梨の脳裏には、先ほど別れたばかりの、愛しい——この世で起こり得るすべての災厄《さいやく》から、なんとしてでも守りたいと思うほどに愛しい恋人の顔が浮かんでいた。

5

その夜、田宮の帰宅は午後八時を回る頃だった。富岡が送っていくとうるさくまとわりついてくるのを、まだ早い時間だから電車で帰ると振り切って帰宅したアパートの前、自分の部屋に既に灯りがついていることに気づいた田宮の背に、冷たいものが走った。

高梨の帰宅にしては、時刻が早すぎる気がする。昨夜彼は、当分泊まり込みになるかもしれないというようなことを言っていた。

いや、もしかしたら、事件が思いのほか早く片付き、それで帰宅したのかもしれない——長谷川が連行されていく姿が田宮の脳裏に蘇《よみがえ》る。

どちらにしろ確認したほうがいいな、と田宮は携帯を取り出し、高梨の番号にかけ始めた。ようやく『念には念を入れよ』という富岡の教えが実を結んできたのである。

ワンコールで高梨は電話に出た。

『何？　ごろちゃん、どないしたん？』

「あ、いや、良平、今ウチ？」

『ああ、そうやけど、ごろちゃんは？』

やはり高梨が帰宅していたのか、と田宮が安堵の息を吐いたとき、バタン、とドアが開く音がしたと同時に、カンカンと金属の階段を駆け下りてくる足音が響いてきた。

『ああ、やっぱり外におったか』

耳に当てた携帯からと、目の前から、高梨の声が響いてくる。

「なんでわかったんだ？」

言いながらも駆け寄った田宮の背に、高梨の両手が回った。

「ごろちゃんのことなら、なんでもわかるで」

「よく言うよ」

逞しい胸に抱き寄せられ、唇を塞がれそうになる。目を閉じかけた田宮だったが、ここがまだ往来であることに気づき、慌てて身体を離した。

「どないしたん、ごろちゃん」

「部屋に戻ろう、部屋に」

誰に見られるともわからない場所より、人目の気にならない室内のほうが、抱擁には適している。ごく当たり前の判断から高梨の手を引き、階段を上り始めた田宮の後ろから、

「なんやごろちゃん、今日は積極的やねえ」

高梨がこれ以上ないほどのいやらしい声をだす。

「積極的とか消極的とか、そういう問題じゃなくてね」

「照れんでもええがな。僕かてほんま、ごろちゃんと早う熱い抱擁を交わしたかったんやから」

「だーから、照れてるわけじゃなくって……」

カンカンと音を立てて外付けの階段を駆け上り、部屋の前まで到着したところで田宮は高梨を振り返り睨みつけたのだったが、

「ん……っ」

ドアを開いた高梨に室内へと押しやられたと同時に唇を塞がれたときにはもう、抗議する気持ちはすっかり失《う》せていた。

きつく背を抱き締めてくる高梨の胸に身体を預け、貪るような勢いで唇を塞いでくるキスを田宮も唇を開いて受け入れる。搦《から》め捕《と》られた舌を痛いほどに吸い上げてくる高梨の背にしがみつく田宮の手にぐっと力が籠もったのは、彼が既に自力では立っていられぬほど昂まってしまっていたためだった。

すぐに察した高梨は、唇を合わせたまま目だけを細めて微笑むと、その場で田宮の身体を抱え上げ、室内へと運ぼうとした。

「靴……っ」

「おっと、まだ脱いどらんかったか」

高梨が笑って玄関のほうを振り返るのに、田宮が彼に抱かれたまま、両足を擦り合わせる

ようにして脱いだ靴を落とす。

「お行儀悪いなあ」

高梨がくすくす笑いながら足で器用に田宮の靴をそろえたあと、自分は蹴《け》散らすようにして履いていたサンダルを脱ぎ、真っ直《ま》ぐ《す》にベッドへと向かっていった。

「お行儀悪いなあ」

ドサッとシーツの上に身体を落とされ、田宮がふざけて笑うのに、

「真似せんといてや」

高梨も笑顔で答えると、再び田宮の唇を熱いキスで塞いだ。

「……んっ……」

唇を合わせたまま、手早く田宮のタイを解き、シャツのボタンを外していく。その間に田宮も自分でベルトを外してスラックスを下ろし、あっという間に全裸になると、同じく手早く服を脱ぎ捨てた高梨に向かい、いつものように両手を広げた。

いつもであれば高梨は、田宮の求めに応じ、そのまま彼へと覆いかぶさっていくのだが、今日は少し趣向を変えたいと思ったらしい。

「『来て』言うてや」

田宮を見下ろしたまま、にやりといやらしい笑いを浮かべてそう言う高梨に、

「……いやだ」

人並み以上に羞恥の心に溢れているがゆえに田宮は、言えるわけがない、と、ふいと高梨から目を逸《そ》らした。

「ええやんか。一度聞いてみたいわ。ごろちゃんの色っぽい『来て』」

「ヤだよ。恥ずかしい」

「なんも恥ずかしいことあらへんて。なあ、いっぺんくらい言うてみて」

「ヤなもんはヤ」

絶対に言わない、と口をへの字に結んだ田宮に、

「イケズやねえ」

ようやく諦めたのか、高梨は、やれやれ、というように溜め息をつくと、ゆっくりと身体を落としてきた。

「イケズで悪かったな」

田宮の両手が高梨の背に回り、己のほうへと引き寄せる。

「……言うてくれるまで、何もせえへん、言うたらどないする?」

田宮の腕に逆らうように、高梨の動きがぴたりと止まり、悪戯っぽい笑いを浮かべそう問いかけてきたのに、

「……イケズやねえ」

田宮は高梨の口調を真似、じろり、と彼を睨み上げた。

「うそうそ」

「イケズ」

「だから、うそやて」

言葉とは裏腹に既に二人の頬は笑みに緩んでおり、口論じみたやり取りを交わす唇と唇が近づいてゆく。

「心の声が聞こえるからええわ」

「言ってないもの」

「またまた」

くすくすと笑い合い、ついばむように唇を重ねる軽いキスがやがて、互いの唇を貪り合うような激しいキスへと変じてゆく。

「ん……」

「……っ……」

高梨の手が田宮の胸へと滑り、既に勃っていた胸の突起をきゅっと摘《つ》まみ上げたのに、彼の下で田宮の身体はびくん、と大きく震え、高梨の背に回る手にぐっと力が込められる。

田宮は感じやすい身体をしていたが、中でも乳首を弄《いじ》られるのには特に弱く、軽く摘まみ上げられるだけで、びくびくと身体を震わせるほどの反応を見せる。痛いくらいに抓《つね》られたり、軽く歯を立てられたりするのには殊更に弱いことは高梨も勿論知るところで、きゅ、きゅ、と胸を抓り続けながら唇を首筋へと滑らせていくと、もう片方の胸の突起を口へと含み、軽く嚙んだ。

「あっ……やっ……あっ……」

両胸の突起を、指先で、口で間断なく責められる田宮の口からは甘い吐息が漏れ始め、本人の意識しないところで、両脚が次第に開いてゆく。もどかしげにくねる腰の動きの艶《なまめ》かしさに高梨の欲情は煽られ、田宮の胸をむしゃぶりつくようにして愛撫《あいぶ》しながら、両手を彼の脚へと伸ばし、更に大きく開かせた。

「や…っ……」

高梨が両脚を抱え上げたのに、既に勃ちきっていた田宮の雄が、パシッと音を立てて自身の腹に当たった。欲情も露わな己の雄を晒す羞恥に、田宮が身体を捩《よじ》ったさまがまた、高梨の劣情を煽り、更に高く田宮に腰を上げさせるとそこに顔を埋めた。

「あっ……やっ………あぁっ……」

両手で押し広げたそこを硬くした舌で侵し、入り口を甘嚙みするようにして愛撫する。薔《ば》薇色《らいろ》ともいうべき美しい配色の田宮のそこが、高梨の舌に、指に反応し、ひくひくと内壁を震わせているさまが、煌々《こうこう》と灯りのつく下、余すところなく晒されているのを目の前に、いよいよ我慢も限界と高梨は身体を起こし、勃ちきった雄を薔薇色のそこへと——田宮の後ろへとあてがった。

「あっ……」

数回、後孔を撫《な》で上げると、多分無意識なのだろう、田宮は自ら腰を持ち上げ、高梨を中へと誘う素振りをした。

「……カラダはしっかり『来て』て言うとるな」

くす、と笑いながら、高梨がまた、立派な雄で田宮の後ろを撫で上げる。

「……やっ……りょうへい……っ……」

もどかしげな声を上げた田宮の意識は既に、欲情の波に呑み込まれ、朦朧《もうろう》としている様子である。今なら『来て』と言わせることも、さして難しいことではなかろうという考えが一瞬、高梨の頭に浮かんだが、そのとき高梨が欲していたのは『来て』という台詞による昂まりよりは直接的な快楽だった。

「あぁっ……」

ずぶり、と高梨の先端が、熱くわななくそこへと挿入される。ずぶずぶと面白いように高梨の雄を収めてゆくそこは熱く滾《たぎ》り、質感を得た悦びに震えて高梨をきつく締め上げた。

「……くっ……」

一気に襲い来る快楽に、すぐにも達してしまいそうになるのをぐっと堪《こら》え、高梨がゆっくりと腰を前後し始める。

「あっ……はぁっ……あっあっあっ」

律動が速まるにつれ、田宮の口から漏れる声も次第に高くなっていき、いやいやをするように首を振る動きもまた、激しさを増していった。

「あっ……もうっ……もうっ……いく……っ……」

ズンズンと規則正しいリズムで奥深いところを抉られる感触に耐えられず、田宮がついに悲鳴のような声を上げる。

「一緒にいこ」

半ば意識がない様子の彼に、高梨は息を乱しながらも小さな声で囁くと、二人の腹の間に腕を差し入れ、今にも爆発しそうな田宮の雄を一気に扱き上げた。

「あぁっ……」

田宮の上体が大きく仰け反り、高梨の手の中に白濁した液が溢れる。

「……っ……」

達したと同時に田宮の後ろがくくっと収縮し、高梨の雄を締め上げたのに高梨もまた達し、田宮の中に精を吐き出した。

「はぁ……」

息を乱しながらも、高梨が達したのを察した田宮がにこ、と微笑みかけてくる。年齢は一つしか違わないのに、やたらとあどけなく見える田宮のそんな顔は、収まりかけていた高梨の劣情を再燃させるには充分なほど魅惑的だった。

「や……っ……りょう……?」

再びゆるゆると腰を動かし始めた高梨に、インターバルなしか、と驚いた田宮が戸惑いの目を向ける。大きく見開いた瞳の愛らしさに益々欲情を煽られた高梨の動きは激しさを増し、互いの息も整わぬうちに二度目の頂点を目指す激しい行為が、灯りのついたままの室内で繰り広げられることになった。

「大丈夫か」

快楽に散々喘いだ挙句、最後は己の腕の中で意識を飛ばしてしまった田宮の頬を、高梨は軽く叩いた。

「……ん……」

うっすらと目を開いた田宮に、高梨がほっと安堵の息を吐く。

「水、飲むか?」

「ん……」

飲みたい、と頷いた田宮に、

「待っとってな」

高梨は目を細めて微笑むと、汗で額に張り付く髪をかき上げてやったあと、立ち上がりキッチンへと向かっていった。

「はい」

「サンキュ」

キャップを取ったペットボトルを手渡した高梨に田宮は笑顔で礼を言うと、ごくごくと一気に水を飲み干し、はあ、と大きく息を吐いた。

「大丈夫？」

けだるそうな田宮の仕草に、高梨が心配し声をかける。

「大丈夫」

田宮は冗談で言う以外には、決して『駄目』という言葉を口にしない。どう見ても『大丈夫』な状態ではなくても必ず『平気』と微笑んでみせる。

今も体力気力ともに消耗しきったその姿は、とても『大丈夫』ではないのに、高梨に心配をかけまいとしているのか、無理に笑ってみせるのがまた、いじらしくも愛しくて、高梨は思わず田宮の身体を再びきつく抱き締めそうになったのだが、今夜、彼にはそれ以前にしなければならない使命があった。

「……あんな……」

「なに？」

言いにくそうに俯《うつむ》いた高梨を見て、田宮は何かあるとすぐ悟ったらしい。空になったペットボトルをベッドの下に置くと、少し居住まいを正して高梨を真っ直ぐに見返した。

「……昨夜、頼んでへんのに山のように出前が来たり、イタ電が何十回もかかってきたりしてたやろ」

「……ああ……」

話を切り出した高梨の前で、田宮の表情が微かに曇る。昨夜のことを思い出したのだろうと、高梨はそっと彼の髪に手を伸ばすと、大丈夫か、というように顔を覗き込んだ。

「……で?」

心配そうな高梨の顔を前にすると、またも田宮は大丈夫、というように笑い、話の続きを促してくる。自分に気を遣うことなどまったくないのだと言いたい気持ちをぐっと堪えると、高梨は彼に伝えなければならない——そして彼から事情を聞かなければならない話をするべく口を開いた。

「電話をかけとったの、実は長谷川やったんや」

「え?」

高梨の発言が意外すぎたためか、田宮は一瞬、ぽかんと口を開け、何を言われたのかわからないという顔になった。

「せやから、ごろちゃんに嫌がらせの無言電話をかけとったのは、長谷川や、いうことがわかったんよ」

「そんな……」

信じられない、と呟く田宮に、高梨は簡単に事の経緯を説明したあと、

「なんぞ、心当たりはないんかな」

青ざめる田宮を気遣いつつ、静かにそう問いかけた。

「心当たりって……会ったばっかりの人だよ？」

「英語学校で会うまで、面識は一度もなかったんやな」

「……多分……」

記憶にない、と首を横に振る田宮に、高梨の質問は続いた。

「初対面の印象は？　なんぞ変わったことはあったか？」

「……ただ受講の手続きをしただけだから、特に変わったことはなかったと思うんだけど」

「受講の手続きに、住所氏名、それに電話番号……ああ、会社のメールアドレスも必要だったんか」

「…………」

高梨の問いに、田宮は頷きかけたあと、「ああ」と納得した声を出した。

「もしかしたら、ゲイサイトの掲示板も、長谷川さんかもしれないって？」

「確証はまだないんやけど、可能性は大きい思うとるわ」

「……しかし、なぜなんだろう……」

わけがわからない、と田宮は首を傾げ、考え込む。

「接触があったのは、申し込みのときだけなんか？　今朝は同じ教室におったけど」

「……今から考えると、やっぱりちょっと変だったかもしれない」

高梨の問いに、田宮は考え考え、言葉を選ぶようにして答え始めた。

「変て、何が？」

「接待が入ったから、一度早朝クラスに振り替えたんだ。そのとき俺の講師が――その、殺されたっていうマリアで、その朝寝坊したか何かで来ない彼女の代わりに長谷川さんが教えてくれたんだけど……」

是非自分のクラスに振り替えるように勧められたという話は、高梨にも違和感を覚えさせた。

「いくら今後自分にもプラスになるさかい、いうても、タダで講師役を買って出る、いうんは、ちょっといきすぎの感があるなあ」

「確かに俺も、そこまでしてもらうのは、と思ったんだけど、結構切羽詰まってもいたし、教え方も上手かったからつい……」

注意力が足りなかった、と反省の色が濃い田宮に、高梨は冗談らしく聞こえるよう配慮しつつ、気になることを問うてみた。

「下心があったんやないかな。受付したときごろちゃんに一目惚《ひとめぼ》れした、いうて」

「いや、それはないと思う」

即答した田宮の口調はやけに自信ありげに聞こえ、どういうことだと高梨は彼に、そう思う根拠を尋ねたのだが、答えを聞いてなかなかに複雑な思いを抱いた。

「富岡も違うと言ってたから」

「富岡君が？」

「うん。あいつも最初、長谷川さんは俺狙いなんじゃないか、なんて馬鹿馬鹿しいこと言ってたんだけど、実際会ってみて、そういう感じはなかったと納得してたし」

「……まあ、彼がそう言うんやったら、そうかもしれんね」

富岡に対しては色々思うところはあるものの、高梨は彼の判断力、そして実行力——それに加えて決して田宮を諦めようとしない不屈の精神には一目置いていた。

こと田宮に関心のある男の見抜きっぷりには、かつて彼の働きが田宮の危機を救ったという『実績』からも信頼に値すると思われる。その彼が『違う』と言うところを見ると、本当に違うのだろう、と高梨もまた納得したのだが、そうなるとまた長谷川が田宮に近づこうとした理由がわからなくなる。

「しつこいようやけど、ほんまに初対面やった？　会社関係とか、あとは……せやな、学生時代とかに、会《お》うたことはないんかな」

「……取引先も心当たりない……学生時代といっても、長谷川さん、俺より随分年下なんじゃないかと思うんだけど。それに確かハイスクールからアメリカだって言ってたし、学校で会ったってことはないと思う」

「家庭教師先の生徒やったとか？」

「カテキョは俺、三人くらいやったけど、中にはいなかったよ」

「……さよか……」

可能性をひとつずつ挙げては消していく。

「……多分、初対面だと思う……少なくとも俺には、そんな、嫌がらせをされるようなことを彼にした記憶はまったくない」

考えられるすべての可能性が出尽くしたあと、そのすべてを否定した田宮がそう言うのに、

「わかった」

高梨は頷き、田宮の身体を己の胸へと抱き寄せた。

「良平？」

「長谷川がなんでごろちゃんに嫌がらせをしよう思うたんか、僕らが調べるさかい。ごろちゃんはもう、気にせんとき」

「……調べるって……別にいいよ。実害がなかったってわけじゃないけど、すんだことだし」

田宮が慌てたように高梨の胸に両手をついて身体を離し、そう訴えかけてきたのは、事件

調査で多忙を極める自分に、余計な手間をかけさせたくないと案じたからであろうということは、高梨にはよくわかっていた。

「心配せんでもええよ。それも捜査の一環やからね」

それゆえ高梨は、案ずることはないのだと田宮に納得させるため、普段は殆ど喋ることのない捜査内容を説明し始めた。

「ごろちゃんはあの場にいたからもうわかっとる思うんやけど、長谷川には今、講師のマリアさん殺害の容疑がかかっとるんや」

「うん、それもなんだか信じられないんだけど……」

田宮がまた首を傾げる。自分への嫌がらせをした相手であると知って尚、そんな相槌を打つ田宮に、本当に彼は人がいいと、高梨は一瞬和みかけたが、すぐ我に返ると話の続きをし始めた。

「殺害の犯行時刻は昨夜の夜中、午後十一時から深夜一時くらいまでの間やったんだけど、その時間、長谷川の携帯の通信記録を見ると、二分と置かずにごろちゃんの家に電話をしとるんよ」

そこまで高梨が話したところで、勘のいい田宮が大きな声を上げた。

「アリバイ？」

「せや。勿論携帯からやから、犯行現場からかけとった、いう可能性もあるにはある。それこそアリバイ工作のために、わざと悪戯電話をかけとったのかもしれん。だがその相手としてなぜに彼はごろちゃんを選んだんか——僕が……いや、警察がそれを調べるんは事件の捜査上必要なことなんやから。ごろちゃんはなんも気にすることあらへん」

「…………うん……」

田宮は暫くの間、高梨の顔をじっと見上げていたが、やがて小さく頷くと、そのまま高梨の胸へと身体を寄せてきた。

「……ごめんな」

くぐもった声が、田宮が顔を埋める肩の辺りから聞こえてくる。

「…………」

高梨の話に納得はしたものの、それでも申し訳なさを感じているらしい。自分に非などまるでなく、それどころか被害を受けているというのに、高梨の手を煩わせることに対する罪悪感を払拭《ふっしょく》しきれないのは多分、田宮の性格のなせるわざなのだろう。

人への——特に高梨への思いやりに溢れる優しい心は、彼を惹《ひ》きつけてやまない田宮の魅力では確かにあるのだけれど、できれば人のことより、自分のことをもう少し思いやってほしい。そんな思いを込めて高梨は田宮の背をきつく抱き締めると、彼の耳元に唇を寄せ囁いた。

「謝る必要なんてあらへん。ただひとつ、約束してほしいことがあるんやけど」

「なに？」

田宮が高梨から心持ち身体を離し、小首を傾げるようにして尋ねてくる。可憐《かれん》な仕草に目を奪われそうになる自分に心の中で苦笑しつつ、その可憐さゆえに気をつけさせねば、と高梨は言葉を続けた。

「長谷川のことは僕たちに任せて、ごろちゃんはもう、彼にはかかわらんようにな」

「…………」

田宮の返事が一瞬遅れたのを察し、やっぱり、と高梨は溜め息をついた。

責任感の強い田宮ゆえ、自分に降りかかった火の粉は自分で払おうと、長谷川にぶつかっていくのではないかという高梨の勘が当たったらしい。

マリア殺害容疑で取り調べを受けたものの、携帯電話の通話記録がネックとなって留め置くことができず、深夜近くに警察は長谷川を一旦解放していた。田宮が彼に会いに行こうと思えばいつでも会える状況となってしまっているのである。

「ええか、ごろちゃん。長谷川の目的がわからんうちは、彼にかかわり合うのは危険や。絶対に自分でなんとかしよう、なんて思うたらあかんよ」

きつい口調で言い聞かせながら、高梨は田宮の顔を見ようと彼の背から腕を解く。

「わかったよ」

頷いてはいたものの、田宮の顔にはある種の決意が溢れているように高梨の目には映った。

「ほんま、約束してや」

絶対やで、と念を押す高梨の背に、田宮の両腕が回る。

「……うん……」

高梨の視線を避けるように胸に顔を埋める田宮の姿に、高梨は心の中で深く溜め息をついていた。

多分田宮は動くに違いない——わかってはいるが、無理やり『やるな』と強制することができないもどかしさに、高梨はまた深く溜め息をつく。

「……まあ、そういうところにも惚れとるんやけどな……」

ぼそりと呟く高梨の声が聞き取れなかったようで、田宮が微かに顔を上げ、名を呼びかけてくる。

「良平？」

「……ほんまに、あんまり心配させんといてや」

しみじみとそう言う高梨に、田宮はなんともいえない顔になったあと、

「……ごめんな」

小さく謝り、高梨の背に回した腕に力を込めてきた。

「…………」

謝罪の意味は考えるまでもなく明白だった。田宮はこれから高梨に『心配させる』行為を

するということだろう。

「今、竹中に長谷川の身元を調べさせとる」

「え?」

溜め息交じりに喋りだした高梨に、田宮が戸惑いの声を上げる。

「わかったらすぐ、知らせるさかい。長谷川の素性がわかるまではほんまに、ごろちゃん、彼には近づいたらあかんよ」

「……良平……」

言いつけを守るつもりがなかったことを見抜かれていたのか、と田宮は一瞬バツの悪そうな顔をしたあと、すぐに頭を下げて寄越した。

「ごめんな」

「謝らんでええから、それだけ約束してな」

笑顔で告げる高梨に、田宮の顔にも笑顔が浮かぶ。

「うん」

わかった、と頷いた彼の顔には、今度はやましさの影がない。わかってくれたのだと高梨は納得し、再び田宮の背を抱き締め、さらりとした彼の髪に顔を埋めた。

「ほんま、愛してるよ」

「……俺も……」

愛してる、と答える田宮もまた、高梨の背をきつく抱き締めてくる。

華奢《きゃしゃ》な肩といい、あどけなさを感じさせる大きな瞳といい、つい庇護《ひご》の手を差し伸べたくなる田宮が実は、可愛らしい外見に似合わぬきっぱりとした意志の強さと、男らしい気性の持ち主であることを、高梨は誰より知っている。

守られるよりも自ら愛する人を守りたい、役に立ちたいと願う優しさと強さもまた、己を惹きつけてやまない田宮の魅力なのだと思いながら、高梨は田宮の背を力強く抱き締め、同じく己の身体を力強く抱き締め返す彼との抱擁に暫し酔った。

翌日、高梨は納とともに、新宿二丁目のホモバー『three friends』を訪れた。例のゲイサイトの田宮の情報を即刻削除してくれた礼と、情報収集のためである。

「気にしなくていいわよう」

高梨らは午前八時に訪れたのだったが、店はつい一時間ほど前に閉店したのだという。ミトモの顔には、彼の類《たぐ》いまれなるメイクテクでも隠せないほどの倦怠感《けんたいかん》が浮いていたが、疲れ果てているはずの彼は、高梨らの訪問を上機嫌で受け入れた。

「一応ログ取らせているけど、クシ刺ししてあるから、アクセス元は特定できないらしいわ。

確信犯よね」

ちゃあんと誤用ってわかってるわよ、と陽気に笑ったあとミトモは、田宮が警察関係者であるという噂を昨夜のうちに二丁目界隈《かいわい》に蔓延《まんえん》させておいたので、そうそう手を出されることはないだろうと言い、高梨を安心させた。

「ほんまに何から何まで、ありがとうございます」

深く頭を下げた高梨の肩に、ミトモの綺麗に手入れした指先が乗せられる。

「感謝の気持ちはディープなキス一回でオッケーよ」

「おまえ、いい加減にしろ」

高梨の肩からミトモの手を払い落とし、納がじろりと睨みつける。

「あら、新宿サメ。妬《や》いてるの？」

どっちによ、とけらけら笑うミトモを、

「阿呆」

納は呆れた顔で睨みつけると、「それより、例の件はどうなった？」と話を振った。

「英語学校『エリート』の評判だったわね」

途端にミトモの目がきらりと光り、にやついていた口元が引き締まる。

「あまりよろしくないわねえ。経営者が代わってからは特にいい噂は聞かないわ。そもそもこの経営者交代が、きなくさいんだけどさ」

「きなくさい、言いますと?」

信頼度の高い情報屋の顔になったミトモに向かい、高梨が身を乗り出したのに、

「うふ」

ミトモはまた、ホモバーのママの顔に戻ってシナを作り、高梨と納をずっこけさせた。

「ミトモ、お前なあ」

「わかってるわよ。きなくさいっていうのはね」

呆れた声を上げた納をじろりと睨んだあと、ミトモが話を戻す。

「どうも経営者交代には、伊勢崎組《いせざきぐみ》がかかわってるっていう噂なのよ」

「伊勢崎組……最近新宿でもハバ利かせてきたヤクザだな」

納の相槌にミトモは「そう」と頷くと、再び口を開いた。

「詐欺同然の手口で、前の経営者からあの学校の経営権をもぎ取って、そのあと組の息のかかった人間を送り込んだらしいわ」

「それがあの木村か……」

高梨の脳裏に、高級そうなスーツをビシッと着込んでいるにもかかわらず、どこか胡散くさげに見えた木村校長の顔が浮かんだ。

「もとはやっぱり伊勢崎組系のフロント企業の経営者だったって話よ。彼が校長になってから、学校の質はみるみる落ちたらしいんだけど、それはどうも講師に問題があるようなのよ

ね」

喋っているうちに喉が渇いたのか、「ちょっと失礼」とミトモがカウンターの内側にかがみ込むと、冷蔵庫からビールの小瓶《こびん》を取り出した。

「ご一緒にどう?」

「阿呆。こちとら仕事中だってえの」

高梨に色目を使うミトモ相手に、また納の突っ込みが飛んだ。

「あんたにゃ言ってないわよ」

イーだ、とミトモはわざと顔を顰めてみせたあと、

「ええと、どこまで話したかしら」

素で忘れたようで、軽く宙を睨む素振りをした。

「学校の評判が落ちたのは、講師に問題がある、というところまでですわ」

すかさず高梨が入れたフォローに、

「ありがと」

ミトモはにっこり微笑むと、一人スーパードライの栓《せん》を開け、小ぶりのグラスにとくとくと注いだ。

「一人で飲みやがってよ」

「あんたがいらないって言ったんじゃないの」

悪態をつく納にミトモも悪態で答えると、さも美味《おい》しそうにビールを一気に飲み干した。

「ああ、生き返るわねえ」

「三途《さんず》の川でも渡っとけ」

「まあ、失礼ね」

「ええと、それで、講師にどういう『問題』があると？」

ジャブの応酬さながら、納とミトモの間で舌戦が始まりそうになるのを、高梨が二人の間に割って入った。

「……まあ、どこまで信憑性があるかわかんないんだけどさ、今までのいわゆるマトモな講師をクビにして、それこそ就労ビザも持たないような不良外人を使っているという噂なのよ」

「コストダウンを狙ったんやろか」

不法滞在者の弱みにつけ込み、講師の給与を下げたのかと問い返した高梨に、

「まあ、それもあるんだろうけど、もうちょっと品のない話も聞こえてきてるわ」

ミトモは瓶に残っていたビールをまたグラスに注ぐと、それを一気に飲み干した。

「品のない話？」

「売春まがいのことをさせてたって。しかもそれを会社にバラすぞと生徒を脅してたらしいの。ほら、あの英語学校、一流企業の指定校じゃない？　そういうトコに勤めてるサラリーマンは金はあるし体面は大事にするしで、チョロいらしいのよねえ」

「……なるほどね……」

そういうことか、と高梨と納は顔を見合わせ頷いた。マリアの、英語講師にしては扇情的すぎる化粧と服装を思い出したのである。

「金だけじゃなくて、企業秘密のリークみたいなこともさせてたらしいわ。人の口に戸は立てられないというか、そういう悪い評判が最近じゃあ徐々に広がってきたもんで、契約切る企業も多いらしくてさ、経営も左前になってきたって噂よ。まあ、あの学校使ってしゃぶれるだけしゃぶったら、また次のターゲットを見つけるんだろうけどね」

「……となると、マリアとホテルに行ったのは、彼女がカモにしようとした一流会社勤務の生徒、という可能性もあるってことか」

うーんと唸《うな》った納に、

「あり得る話やね」

高梨も大きく頷き、同意を示した。

「……長谷川は濡《ぬ》れ衣を着せられただけ——となると、誰が彼に罪を擦《なす》りつけようとしたか、だが」

「僕らの目を長谷川に向けさせた男——やろうね」

またも納と高梨は二人目を合わせ、頷き合う。

「ミトモさん」

「あら、なあに？」

高梨に名を呼ばれ、ミトモの声のトーンが一オクターブ跳ね上がった。

「英語学校『エリート』の経営者、木村と伊勢崎組の関係、裏取ってもらえませんか」

「そんなことなら朝飯前よ」

にっと笑ったミトモが、手にしたグラスを掲げてみせる。

「頼りにしてます」

「まかしといて」

ぺこりと頭を下げた高梨の肩に、グラスをカウンターへと下ろしたミトモの指先が触れた。

「高梨さんのためだもの。ひと肌だってふた肌だって脱いじゃうわよ」

「だーからお前はよっ」

よせ、と納がまたも高梨の代わりとばかりに、彼の肩からミトモの指先を払いのけたそのとき、

「いたあい」

ミトモの悲鳴とともに高梨のポケットの中の携帯電話の着信音が鳴り響き、高梨が慌てて応対に出た。

「もしもし」

『あ、警視。竹中です』

電話は部下の竹中からで、非常に慌てた声を出している。

「どないしたん。なんぞわかったか」

高梨は竹中に、長谷川の身元調査を命じていた。この慌てぶりからすると、何か摑んだらしいと思う高梨の、電話を握る手にぐっと力が込められる。

『もう驚いたのなんのって、あの長谷川、実は——』

「え？」

竹中の報告に、高梨がらしくなく驚きに目を見開き絶句する。

「どうした、高梨」

「いやだ、真っ青よ」

納とミトモが心配そうな顔で見守る中、あまりに衝撃的な事実を知らされた高梨の顔からは、すっかり血の気が引けていた。

6

高梨《たかなし》が衝撃に震えている頃、田宮《たみや》は名古屋《なごや》へと向かう新幹線の中にいた。

彼が新規開拓した客先との売買基本契約の摺《す》り合わせをするための部長を連れての出張で、客先往訪のあとは支社の戦略会議に出席することになっており、日帰りではあったが帰京は夜遅い時間になる予定だった。

だがその夜、急遽《きゅうきょ》部長に東京で接待の予定が入ったために、田宮も部長とともにとんぼ返りをすることになった。

「あれ、田宮さん、今日名古屋じゃなかったでしたっけ」

午後六時過ぎ、田宮が社に戻ると、後ろの席の富岡《とみおか》が声をかけてきた。隣の課の彼は、田宮のアシスタントの女性以上に、彼の予定を把握している。

「部長に接待が入ったんだよ」

その部長は東京駅から接待場所に直行していた。田宮は帰宅してもよかったのだが、溜《た》まりに溜まった仕事を片付けるために、社に戻ってきたのだった。

「そしたら今晩、英語どうします？」

「…………」

富岡の問いに、田宮は一瞬どうすべきかと迷った。夜の授業を早朝に振り替えてはいたが、講師を買って出てくれた長谷川《はせがわ》が自分への嫌がらせをしていた犯人だとわかった今、彼の『親切な申し出』にもウラがあると見るのが自然である。

振り替えはすべて取り消して本来のクラスに通おうとは思っていたので、思いのほか早い帰京を果たせた今夜、授業に出ることはできるのだが、田宮にそれを躊躇《ためら》わせているのは高梨とのあの『約束』だった。

『長谷川の素性がわかるまではほんまに、ごろちゃん、彼には近づいたらあかんよ』

任意同行の長谷川は既に、帰宅を許されているという。『エリート』は彼の勤務先であるから、そこへ向かえば顔を合わせる機会もあろう。

あれだけ念を押されたにもかかわらず、今夜『エリート』に行くというのはどうなのだろう――ここは大人しく家に帰るべきではないか、と田宮は首を横に振りかけたのだが、富岡はそんな田宮の心を揺さぶるような誘いをしてきた。

「事件を面白がってるわけじゃないですけど、ちょっと様子を見に行ってみません？　同じクラスのあの、松田《まつだ》さんにもちょっと会ってみたいじゃないですか」

「ああ……」

そういえば同じクラスには、学生ラグビーのスター選手、松田がいたのだった、と田宮は初日に会ったきりになっていた彼の精悍《せいかん》な顔を思い出した。

松田から殺されたマリアの人となりや、長谷川とのかかわりを聞くことができるかもしれない――高梨とは長谷川と会わない約束をしたものの、ほぼ初対面の彼がなぜ、自分に対してあのような嫌がらせをしてきたのか、気になるという気持ちを抑え込むことはやはり田宮にはできなかった。

「……そうだな」

長谷川に会いに行くのではない。当初から予定していた英語の授業を受けに行くのだ――自分をそう納得させると田宮は富岡に頷《うなず》き、「それなら僕も行こうかな」と浮かれる彼を適当にあしらいつつ、山積みの仕事へと向かったのだった。

午後七時五十分、授業が始まる十分前に、田宮と富岡は『エリート』に到着した。

「さすがにもう警官はいませんね」

『興味本位ではない』と言ってはいたが、もともと好奇心旺盛《おうせい》な富岡は、身近で起こった殺人事件に相当興味を引かれるらしく、きょろきょろと周囲を見回しながら田宮に囁《ささや》きかけてきた。

「……そうだな」

「ニュースでもやってましたね。学校の事務担当者を重要参考人として引っ張ったとまで報道されてましたけど、実際どうなんでしょうかねえ」

「……さあ……」

長谷川には『アリバイ』が——田宮に悪戯《いたずら》電話をかけ続けていたというアリバイがあるため、既に警察にはいないとわかってはいたが、捜査上の秘密を富岡に話すわけにはいかない。田宮は適当に言葉を濁すと、話を打ち切ろうと富岡を見やった。

「お前のクラス、あっちだろ。それじゃ」

「あ、ちょっと待ってくださいよ。田宮さん」

右手を上げ、その場を駆け去ろうとした田宮の腕を、後ろから富岡ががしっと摑《つか》む。

「なんだよ」

「いや、なんか田宮さん、様子おかしくありません？」

仕事の上での富岡の勘のよさは、弱冠四年目にして課の稼ぎ頭であることから社内でも評判になるほどであったが、こと田宮に関しても彼は如何《いかん》なくその『勘のよさ』を発揮した。

「別に」

鋭いな、とたじたじとなりながらも、田宮は彼を軽く流そうとしたのだが、富岡はなかなかにしつこかった。

「絶対様子がおかしいですよ。田宮さん、僕になんか隠し事してません？」

「お前に隠してることなんか、山のようにあるよ」

いいから放せ、と田宮は富岡の腕を振り解《ほど》こうとしたのだが、

「なんなんです？　きりきり白状してくださいよ。ほら、話せば気が楽になりますよ」

富岡はまるで取り調べ中の刑事のようなことを言い、田宮の腕を放そうとしない。

「だからなんでもないって」

「なんでもないようにはとても見えない。僕の目は誤魔化《ごまか》せませんよ？　一体僕を誰だと思ってるんです」

「富岡雅巳《まさみ》」

「お茶目なこと言ってないで、さあ、ちゃっちゃと白状しなさい」

いつしか廊下で声高に言い争っていた――というより、漫才でもしているかのようであったが――二人を、生徒たちが興味深そうに眺めながら教室へと向かってゆく。

「お前なあ、もういい加減にしろよなっ」

通りすがりにクスクスと笑われていることに気づいた田宮が、怒声を張り上げ富岡の腕を強引に振り払う。

「教えてくださいよ、田宮さん」

「お前に教えることなんか何もないっ」

それでも取り縋《すが》ろうとする富岡を、

「うるさいっ」

田宮が怒鳴りつけたそのとき、

「廊下で騒ぐのはやめてもらえませんか」

いきなり凜《りん》とした声が響いてきたのに、田宮はぎょっとし、声のしたほうを振り返った。

「あ……」

その場に立っていた男の姿を見た田宮の口から、驚きの声が漏れる。

「ちょっとお話、よろしいですか?」

田宮の視線を真《ま》っ直《す》ぐに受け止め、そう話しかけてきたのは——田宮が高梨と、『決して会わない』と約束した人物、長谷川だった。


お時間はとらせません、と長谷川が田宮を部屋に誘ったのに、富岡は自分も同席すると言い張ったのだが、田宮がそれを許さなかった。

「二人になるのは危険です」

殺人事件の容疑者なんだから、という意味を込めて富岡が田宮に囁いた言葉は、しっかり長谷川の耳にも届いたようで、「別に富岡さんが一緒でもいいですよ」と長谷川のほうでは彼の同席を許したのだが、田宮がきっぱりと拒絶したのだった。

「お話とはなんでしょう」

来客用の応接室に通され、ソファを勧めてきた長谷川に、田宮は硬い声で問いかけた。

高梨の言いつけに背いてしまったという罪悪感と、長谷川から声をかけてきたのだから、約束を破ったことにはならないのではないかという言い訳が、田宮の頭の中で渦巻いている。今、嫌がらせの目的を彼から聞き出してしまうと、高梨との約束を本格的に破ってしまうことになる——田宮は高梨との約束を優先し、ここは長谷川から話を聞くだけにしようと心を決め、そう問いかけたのだった。

「……警察から何か、お話を聞かれましたか？」

「………」

長谷川もまた、硬い声で問いを発した。イエスと答えるべきか、ノーと答えるべきか、田宮が迷って黙り込んでいる間に、長谷川が更に問いを重ねてきた。

「昨日の早朝、ここに来た刑事とはお知り合いなんですか？」

「……どうしてそんなことを聞くんです」

またもイエスと答えるかノーと突っぱねるか迷い、田宮が逆に長谷川に問いかけたのだが、返ってきた答えには絶句し、言葉を失ってしまった。

「昨日『ごろちゃん』と呼ばれていましたよね？」

「………」

「随分深いお付き合いなんですか？　まあ、愛称で呼び合うということは、そういうことなんだと思いますけど」

くす、と長谷川が意味深に微笑《ほほえ》み、田宮をちらと見る。田宮を蔑《さげす》んでいることを隠そうともしない彼の口調に、一体何が言いたいのだと内心首を傾《かし》げながらも、田宮はきっぱりした口調でこう言い切った。

「プライバシーです。お答えする気はありません」

「同居なさってるんですよね。あんな狭い部屋で二人して」

「……な……」

どうして部屋の広さまで知っているんだ、と思わず田宮が絶句したのに、長谷川がにやり、と下卑《げび》た笑いを浮かべ言葉を続ける。

「しかもあの部屋、防音設備もなってないですね。あまり玄関先ではいやらしい行為をなさらないほうがいいんじゃないですか？　外に丸聞こえですよ」

「……お前……」

剝《む》き出しの悪意を感じさせる長谷川の様子に、告げられた言葉の中身に、衝撃を受ける田宮の顔からさあっと血の気《け》が引けてゆく。

『玄関先』にはしっかり心当たりがある。それだけに長谷川がなんの根拠もなく自分を誹謗《ひぼう》しているわけではないと察することができた。

根拠があるということは即ち、ドアの外から中を窺《うかが》っていたということだろう。自宅の住所や電話番号、それに会社のメールアドレスや携帯電話のナンバーも、この学校の申し込み手続きのとき、書類に書かされた記憶がある。

その住所を頼りに、長谷川は自分のアパートを突き止めたのだろうか。そういえば彼は初日、手帳を忘れたのではないかと田宮を追いかけてきたのだった。まさかそのままあとをつけられたのか――？

田宮の脳裏には、アパートのドアの前に立ち尽くす幻の長谷川の姿が浮かんでいた。じっと中を窺っているその顔と、今、目の前でにやつきながらも実のところ少しも目が笑っていない彼の顔が重なったとき、田宮の背筋を悪寒が走った。

「どうしました？　真っ青ですよ」

獲物を追い詰める獣のような目をした長谷川が、田宮へと身を乗り出してくる。

「……どうしてそんな……」

頭が混乱し、何をどう問い詰めたらいいのかまるでわからなくなってしまっていたが、身体は反射的に動き、同じ距離だけ後ろへと下がった田宮の口から、ぽろりとその言葉が漏れた。

「どうして？」

長谷川が尚《なお》も身を乗り出し、田宮の顔を覗《のぞ》き込む。

「復讐《ふくしゅう》ですよ」

「……復讐？」

あまりに思いがけない、そしてあまりに馴染《なじ》みのない単語に戸惑い、鸚鵡《おうむ》返しに呟《つぶや》いた田宮に、長谷川がゆっくりと大きく頷いてみせる。

「ええ、復讐です。僕はあなたを恨んでいる」

そうしてにっこりと微笑んでみせると――相変わらず目は笑っていなかったが――長谷川はそのまま席を立ち、カツカツと靴音を響かせながら部屋を出ていってしまった。

「……………どういうことだ？」

バタン、とドアが閉まったとき、田宮はまるで呪縛《じゅばく》から解き放たれたかのように、はっと我に返った。はあ、と溜《た》め息をつき、いつしか額にじっとりと浮いていた汗を手の甲で拭《ぬぐ》う。

『復讐』――日常生活では滅多に使われない、前時代的な言葉である。復讐される覚えも、何より長谷川に恨みを買った覚えも、田宮にはまるでなかった。

『約束してや』

真摯《しんし》な声で囁きながら、己の身体を抱き締めた高梨の力強い腕の感触が田宮の身体に蘇《よみがえ》る。

「……………約束、したもんな」

長谷川の身元がわかるまで、彼とは接触を持たないという『約束』を破るわけにはいかない。今日あったことはあとで高梨に報告するとして、まずは長谷川のことは一旦《いったん》忘れ授業に行こう、と田宮は心を決め、教室へと向かった。

「あれ、振り替えたんじゃなかったの？」

授業開始の八時を少し回っていたが、教室にはまだ松田しかいなかった。

「ええ、やっぱり夜にしようかと思って」

「早朝はやっぱりキツいよな」

問いかけはしたものの、田宮の動向になど松田はたいして興味を抱《いだ》いていなかったようで、適当に言い繕った彼の言い訳を豪快な笑いで流すと、ころっと話を変えてきた。

「時間が過ぎてるっていうのに、誰も来やしないんだよ。一体どうなってるんだか」

「代わりの講師がまだ決まってないというわけじゃないですよね」

そういえば松田に、殺されたマリアのことを聞こうと思っていたのだ、と田宮は隣で、「まったくこちとら忙しい中仕事を抜けて来てるのに、冗談じゃないぜ」とぶつぶつ不満を口にしている彼をちらと見やった。

「前の講師のマリアさん、殺されたなんて本当にびっくりですよね」

「ああ、ニュース見て驚いたよ」

松田の顔に一瞬不快そうな影が走る。

「警察にも色々聞かれてさ、まったくついてないったら」

「……ああ」

サラリーマンにとって――しかも松田のように一流企業に勤めている者にとって、『警察から話を聞かれる』という出来事は、不快でしかないのだろう。特に松田は有名人でもあるので、人より余計世間体を気にするのかもしれない。

「でももう犯人も捕まったみたいだし、まあもともと俺には関係のない話だしさ」

「え、犯人捕まったんですか？」

肩を竦《すく》めてみせた松田に、自分が知らないうちに事件は解決したのだろうかと田宮は驚き、問い返した。

「あの長谷川って事務の男が犯人だったって話だよ」

「え、長谷川さん、さっきここにいましたよ」

したり顔で教えてくれた松田だったが、田宮がそう答えたのに心底驚いた顔になった。

「嘘だろう？」

「本当です。今さっき会ったばっかりですよ」

「だってあいつのロッカーから、凶器が発見されたんだろ？」

そんな馬鹿な、といわんばかりの松田の言葉に、事件のことは結構オープンになっているのか、と感心しつつ田宮は相槌《あいづち》を打った。

「松田さん、詳しいですね」

「いや、詳しくはないけど……しかし本当か？　俺は逮捕されたって聞いたんだけどな」

「事件のこと、結構噂《うわさ》になってるんですか？」

昨日の朝、長谷川が任意同行で連れていかれたのを誰かが見ていたのだろうか、と思いながら問いかけた田宮の前で、松田は少しうろたえたような素振りをした。

「ああ、いや、まあ、噂にもなるだろ。殺人事件だぜ」

「そりゃそうですよね。しかも殺されたのは俺らのクラスの講師だし」

「しかし本当に、長谷川は逮捕されてないのか？」

しつこく確認を取ってくる松田の様子に違和感を覚えつつも、田宮はこの程度なら話してもいいだろうという『事実』を彼に教えてやることにした。

「もともと任意同行だったみたいですよ。証拠不十分で一旦帰されたそうです」

「お前こそ詳しいじゃないか」

松田が訝《いぶか》しげに田宮を見る。

「いや、詳しくはないんですが、それより松田さん」

少し喋《しゃべ》りすぎてしまっただろうかと反省しつつ、田宮はこれ以上追及されぬようにと逆に松田に話を振った。

「なんだよ」

「マリアさんって、どんな人でした？　いかにもセクシーって感じでしたけど」

「どんなって……」

松田が答えに躊躇《ちゅうちょ》する。問いが漠然としすぎていたかと田宮は反省し、具体的な質問に切り替えることとした。

「この学校内で、特別親しい関係の人っていたんでしょうか」

たとえば長谷川とか、と言葉を続けようとしたのに、

「俺が知るわけないだろ」

松田は殆《ほとん》ど怒鳴るような声でそう言い、ふいと横を向いてしまった。

「すみませんでした。何かご存知だったらと思っただけで……」

なぜか機嫌を損ねてしまったらしい松田に、田宮はフォローを入れようとしたのだが、それがまた彼の苛立《いらだ》ちを誘ってしまったようで、益々不機嫌な声を出し、じろりと田宮を睨《にら》んできた。

「どうして俺が何か知ってると思うんだよ」

「別に他意はないんです。担当講師だったし、何か気になったことがあれば、教えてもらいたいと思っただけで……」

「どうしてお前がそんなこと、知りたがるんだよ」

「ちょっと気になっただけなんです。すみませんでした」

もしかしたら松田は、警察からもかなりしつこく話を聞かれたのかもしれない。かつて田宮も殺人事件の第一発見者になったことがあったのだが、そのときには警察に何度も何度も同じ話をさせられ、正直勘弁してもらいたいと思ったものだった。

その上刑事でもない自分の、野次馬根性丸出しの質問に――実のところ田宮には、高梨の役に立ちたいという目的があるのだが、松田がそのことを知る由もない――不快になるのも当然か、と田宮は早々に会話を切り上げると、

「それにしても講師の人、遅いですね」

わざとらしいかなと思いつつ、話題を変えた。

「そうだな」

返事をしてくれたものの、松田は相変わらずぶすっとしている。嫌な思いをさせるつもりはなかったのだが、と田宮が肩を竦めたとき、

「さっきの話だけど」

相変わらず不機嫌な顔のまま、松田が田宮に話しかけてきた。

「はい？」

「長谷川が釈放されたって話、本当なのか？」

「え？」

まさか松田のほうから話を引き戻すとは思わず、田宮は戸惑ったせいで一瞬返事が遅れて

しまったのだが、

「いや、いい」

躊躇している間に松田はそう首を横に振ると、あとは腕組みをし、むっつりと黙り込んでしまった。

「……?」

何が聞きたかったのだろう、と田宮が松田の顔を覗き込んだときドアが開き、大柄の外国人男性が笑顔で室内に入ってきた。

「Hi」

新しい講師だというその男の、早口でまくし立てられる英語に田宮は集中せざるを得なくなり、その後松田の様子を窺うどころではなくなってしまったのだが、それでもあまり授業に集中していない様子の松田が、講師の問いに気づかず何度も名を呼ばれるのにはつい、一体どうしたのだろうと彼の精悍な顔をちらちらと見やってしまっていた。

授業が終わると松田は田宮に挨拶《あいさつ》もせず、教室を飛び出していった。彼の後ろ姿を見ながら、相当嫌われてしまったのだろうかと落ち込みつつ、田宮も席を立ったそのとき、

「田宮さん」

落ち込む田宮とは対極にいる、上機嫌な様子の富岡が笑顔で教室に飛び込んできて、田宮のすぐ前に立った。

「帰り、メシでもどうですか」

「行かない」

普段以上にそっけなく答えた田宮に、

「あれ、どうしたの?」

いつもながら、田宮のコンディションには社内で誰より敏感な富岡が、じっと顔を見下ろしてくる。

「別に」

「なんか元気ないじゃないですか。そんなときには飲みですよ、飲み」

「出張帰りで疲れてるんだよ。それじゃな」

富岡の誘いを振り切り、田宮が教室を駆けだすのに、

「待ってくださいよ、田宮さん。軽く行きましょう、軽く。ね」

富岡はしつこくあとをついてきて、建物の出口へと向かう田宮の横に並んだ。

「行かないよ」

「そういやさっき、物凄《ものすご》い勢いで教室から出ていく松田さんとすれ違ったんですけど、なん

かあったんですか？」

そっぽを向いたままきっぱり拒絶した田宮も、続く富岡のこの問いには思わず顔を彼のほうへと向けてしまった。

「あ、やっぱりなんかあったんだ」

「……お前……」

「僕の観察眼の鋭さと勘のよさにびっくりしました？」

にっと笑いかけてきた富岡に、内心そのとおりだと思いつつも田宮は悪態で返す。

「馬鹿じゃないか」

「ほんとにねえ、時々就職先を間違えたかもなあと思いますよ。刑事にでもなったら『良《りょう》平《へい》』を超えて警視正かなんかになってたりして」

得々と続く富岡の話を、既に田宮は聞いていなかった。視線を戻した前方に、あまりに見覚えのある長身が佇《たたず》んでいるのに気づいたからである。

「あ」

ほぼ同時に富岡も気づき、驚きの――そして嫌そうな声を上げたのに、

「良平！」

田宮の心底嬉しそうな声が重なった。

一目散に高梨へと駆け寄ってゆく田宮の後ろで、富岡がやれやれ、というように肩を竦め

る。

「ごろちゃん」

「あ、ごめん。捜査中かな」

子犬のような素早さで飛んでいったものの、高梨がこの場にいる理由は事件の捜査以外にないだろうと思い、邪魔をしてはいけないと田宮は慌てて後ずさったのだが、

「いや……」

高梨は田宮の手をぐっと握って彼の足を止めさせた。

「良平？」

「捜査中やいうたら捜査中なんやけど、ごろちゃんにちょっと用があってな」

「……え？」

困ったような顔で笑いながら、言いにくそうにそう告げた高梨の顔を、用とはなんだと田宮がまじまじと見上げたとき、

「どうも、こんばんは」

背後から富岡がわざとらしいくらいのにこやかな声を出し、田宮の横で高梨に向かい頭を下げた。

「お前な」

「田宮さんのことならどうぞ、僕に任せてくださいな。何せ僕は田宮さんと朝から晩までほ

ぼ同じ空間で過ごしてますからね」

富岡は高梨と顔を合わせると常に、この種の挑発を仕掛けて寄越す。

「お前、いい加減にしろよな」

帰れ、と田宮は富岡を睨むと、しっしっと犬を追いやる素振りをした。

「酷《ひど》いなあ。それが可愛い後輩に対する態度ですか」

「誰が可愛い後輩だよ。いいから帰れっ」

いつもであれば高梨はきっちり富岡の挑発に乗り、その挑発を倍にして返すくらいのことはするのだが、口を開こうとせず、逆に富岡と、彼を追いやっていた田宮を戸惑わせた。

「高梨さん？　あの……」

何があったのだと富岡が問いかけようとしたのに、

「……ほんま、よろしゅう頼みますわ」

高梨はそう微笑むと、取ったままになっていた田宮の腕を引いた。

「良平？」

「行こか」

高梨が田宮の腕を引き、出口へと向かっていく。まさか高梨から『頼む』などという言葉が聞けるとは思ってもいなかった富岡が呆然《ぼうぜん》としているうちに、田宮を連れた高梨は自動ドアから出ていってしまった。

「……どうしたんだ、一体……」

すっかり毒気を抜かれた富岡の一人呟く声が、がらんとした廊下に響き渡る。自ら勘のよさを自慢していた富岡だが、その彼をしても予測することができないほどの衝撃的事実が、間もなく田宮の前に晒《さら》されようとしていた。


高梨が田宮を連れていったのは、深夜営業の喫茶店だった。

「ごめんな。これからまた、本部に戻らなあかんのや」

ウエイターを「コーヒー二つ」と追い払ったあと、心持ち声を潜めて話を切り出した高梨に、田宮もまたテーブル越し、身を乗り出すと、高梨の顔をじっと見上げた。

「いいけど、なに?」

「それがな……」

高梨の目の下にはくっきりと隈《くま》が浮いている。相当疲れているのだなと思いながらも、田宮は、高梨の顔色がすぐれないのには、寝不足や疲労以外の原因があることを既に見抜いていた。

「なに? どうした?」

テーブルの上に乗っていた高梨の右手に己の右手を重ね、田宮が高梨に問いかける。

「………」

高梨は何かよほどのことを心に抱えているに違いない――そう思ったがゆえに彼を元気づけようとしてとった行動だったのだが、高梨は逆に田宮の手をぎゅっと手の中に握り込み、じっと目を見据えてきた。

「良平?」

「驚かないで聞いてほしいんや」

高梨の手を握り返しながら問いかけた田宮の耳に、彼の真摯な声が響く。

「なに?」

高梨の様子がおかしいのは、自分への気遣いのせいか――田宮がそれを察したと同時に、高梨が重い口を開いた。

「……あの、長谷川なんやけどな」

「あ……」

しまった、彼に呼び出され、話をしたことを高梨には伝えなければ、と田宮は慌てて高梨の話を遮った。

「ごめん、実は授業が始まる前、長谷川に部屋に呼び出されたんだ」

「なんやて?」

途端に高梨の顔色が変わる。憤りと動揺が同時に表れたようなその顔に、田宮は更に慌て、特に危害を加えられたわけではないということを示すために長谷川との面談の内容を喋り始めた。

「警察から何か、話を聞いたかと尋ねられた。どうしてそんなことを知りたいのかと尋ね返したら……」

高梨との関係を持ち出されたことをどう伝えるべきかと、田宮は言葉を選ぶために一瞬黙り込んだ。

「……あのな、ごろちゃん」

その隙を逃すまいとしたわけではないだろうが、会話が途切れた途端、高梨が声をかけてくる。

「…………」

田宮の手を握る高梨の手にぐっと力が込められる。汗ばんだ彼の掌《てのひら》の感触に、じっと己を見据える眼差しの真摯さに、何かとんでもないことを言われるのではないかという緊張感が田宮の内に芽生えていたが、実際高梨が告げた言葉は、田宮の想像以上にそれこそ『とんでもないこと』だった。

「長谷川なんやけどな……あの里見《さとみ》君の従兄弟《いとこ》やった」

「……え……?」

思いもかけない名前が突然高梨の口から飛び出したために、田宮の頭は一瞬にして真っ白になってしまった。

「……そやし、長谷川はごろちゃんの友達の里見修一《しゅういち》君の、母方の従兄弟やったんや」

茫然《ぼうぜん》自失の田宮に高梨が、ゆっくりとした口調で同じ内容を繰り返す。

「……そんな……」

思わず小さく呟いてしまった田宮の脳裏には、懐かしい友の——今や小平《こだいら》霊園に一人安らかに眠る、誰より心を許していた友の顔が浮かんでいた。

7

捜査本部に戻らなあかん、と高梨が立ち上がったのに合わせ、席を立った田宮の顔は未だに真っ青なままだった。

「送っていくわ」

「大丈夫。一人で帰れるから」

高梨の申し出を断る田宮の頬《ほお》が、ぴくぴくと痙攣《けいれん》している。

「気にせんとき。覆面で来たんや。送っていくわ」

「大丈夫だから」

田宮が固辞するのを、高梨は無理やり覆面パトカーへと引っ張っていくと、助手席に彼を乗せ車を発車させた。

「………」

高梨と田宮、二人の間では通常は会話が途切れることはない。今日あった出来事を話し合ったり、軽口を叩き合ったり、たまには愛の言葉を囁き合ったりと、喋る内容には事欠かない二人であるが、英語学校のある神田《かんだ》から田宮の家までの約二十分間、車の中はしんと静まり返っていた。

「それじゃ、ちゃんと戸締りしいや」

車がアパートの前に到着し、田宮が礼を言って助手席から降りようとしたのに、高梨は心配そうな顔でそう言うと、「ほんま、ごめんな」と心底申し訳なさそうに謝った。

「何が？」

「傍《そば》におることができなくて」

「……大丈夫だよ」

高梨の手が田宮の髪をくしゃりとかき混ぜ、そのまま彼の頭を自分のほうへと引き寄せる。

「ん……」

唇同士が触れ合うような軽いキスとなってしまったのは、田宮がすぐに身体を引いたためだった。

「それじゃあ、仕事、頑張って」

「……おおきに」

心配かけまいと明るく振る舞おうとする田宮の髪を高梨はもう一度くしゃりとかき回し、己の胸へと抱き寄せた。

「……もう署に戻ったほうがいいよ」

高梨の胸から、田宮のくぐもった声が響いてくる。

「……帰れそうやったら、今夜のうちに戻るさかい」

あまりに頼りなげなその声に、思わず高梨が我ながら無理としか思えぬ言葉を告げてしまったのに、

「無理しなくていいから」

田宮がわかっているというように微笑み、高梨の胸から顔を上げた。

「ごろちゃん」

「週末、俺が差し入れ持っていくから」

それじゃあ、と田宮が笑いながら車を降りてゆく。笑みを浮かべてはいたが、相変わらず彼の頬がぴくぴくと痙攣していたさまが、高梨の網膜に焼きついていた。

「ほんまに、戻れるようなら戻るさかい」

「わかったけど、本当に無理するなよ」

田宮が見送る中、高梨が車を発進させる。じっと路上に佇み、見送ってくれている田宮の影が、バックミラーの中、次第に小さくなってゆく。

「…………」

殆ど顔など見えなくなっているというのに、バックミラーの中の田宮の表情が酷く思いつめているように高梨の目には映っていた。

「…………ほんま、かんにん」

小さく呟く高梨の脳裏に、幻の田宮の顔が浮かぶ。

『わかったけど、本当に無理するなよ』

それこそ無理して笑っていた田宮の、自分への思いやりの心に益々胸を熱くしながら、高梨は今宵《こよい》田宮の上に、安らかな眠りが訪れんことを祈らずにはいられないでいた。


高梨の車が見えなくなるまで路上で見送ったあと、田宮は一人、アパートの外付けの階段を上り始めた。

喫茶店で聞いた高梨の話が、頭の中で渦巻いている。

『長谷川なんやけどな……あの里見君の従兄弟やった』

従兄弟か——三階に到着し、鍵を開けて中に入ると、田宮は灯《あか》りもつけずに部屋を突っ切り真っ直ぐに窓際のベッドへと向かった。

スーツの上着も脱がず、ドサリとベッドに横たわる。

「……従兄弟か……」

目を閉じると長谷川の顔が浮かび、それが記憶の中の里見の顔と重なった。

そういえば随分前——それこそ大学時代に、里見から自分になついている従兄弟がいるという話を聞いたことがあった気がする。田宮の頭の中で、呼び起こされた遠い記憶と先ほど聞いたばかりの高梨の話が交叉していた。

長谷川が里見の従兄弟だということがわかったあと、高梨たちは里見の母親に話を聞きに行ったのだという。

『年は結構離れとったけど、長谷川は里見君にようえ懐いとったそうや』

長谷川は今年二十四歳になる。里見とは六歳違ったのか、と田宮は溜め息をつくと、ごろり、と寝返りを打った。

かつて田宮も長谷川本人から聞いたことがあったが、彼は父親の転勤で高校に入った頃アメリカへと渡り、学校も向こうのハイスクールに通い始めたらしい。

里見が事件を起こしたとき、長谷川の家族は既に帰国していたが、向こうの大学に通っていた本人はまだアメリカにいた。ショックを与えてはならないと、長谷川の両親が事件のことをひた隠しにしていたせいで、彼が里見の死を知ったのは今年、大学を卒業して帰国してからのことだった。

里見の死に長谷川は衝撃を受け、事件のことをあれこれ調べ回っていたのだそうだ。里見の母親のところにも何度も話を聞きにきたということを、今日の昼間高梨は彼女を訪ね聞き出していた。

『どうしても信じられへん、言うて、当時の新聞や週刊誌の記事やらを集めとったんやて』

里見が殺人など犯すはずがない。記事にあるように、同僚の仕事上での成功を妬《ねた》んで人殺しをしたなど、あり得ないことだ。

きっと何かの間違いか、そうでなければよほどの事情があったに違いない――そう長谷川は訪問するたびに里見の母親を問い詰めたという。

いくら問い詰めたとしても、里見の母親は事件の『真相』を知らないのだ、と田宮はまたごろりと寝返りを打ち、大きく溜め息をついた。

田宮のアシスタントの女性を殺害し、その容疑が田宮にかかるよう画策したのは、確かに里見のやったことだった。

世間的には彼の犯行の動機は、大きな仕事を成功させた田宮への妬みということになっていたが、実際彼を事件へと駆り立てた真の動機は、知り合って十年以上もの間、ずっと胸に秘めてきた田宮への恋情であった。犯行が警察に――高梨に暴かれると察した里見は、田宮を犯したあと彼の腹を刺し自害した、それが事件の真相だった。

悲しみに暮れる里見の母親にこの『真相』を伝えると更に彼女を追い詰めることになるのではと案じた田宮の心情を察し、高梨は――警察はこの真相を一切公表しなかった。

それゆえ、里見の母親は、事件については報道された以上のことは何も知らない。長谷川が何度問い詰めようとも、何を語れるわけでもないのだ、と田宮は事件後に高梨とともに、線香を上げに訪れた里見の家で、心底申し訳なさそうに頭を下げ続けていた母親の姿を思い起こし、また深く溜め息をついた。

里見の母は田宮が心配していたとおり足を悪くしており、墓参もままならない状態らしかった。悪いのは足だけで、体調のほうは大丈夫だと本人が言っていたと高梨に聞き、少しはほっとしたものの、東京でたった一人で暮らしている里見の母はさぞ心細かろう、一度見舞いがてら訪れてみようかと考える田宮の脳裏に、憎々しい口調で告げられた長谷川の言葉が蘇った。

『復讐だ』

復讐――里見に殺人犯の汚名を着せた原因を作ったことへの復讐という意味だろうか、と田宮は燃えるような目で睨みつけていた長谷川の端整な顔を思い起こしていた。

長谷川の気持ちはわからなくもない。兄のように慕っていた従兄弟がある日人が変わったかのような犯行に至った。呈示された真実を受け入れるには、従兄弟の『人を変えた』原因となった――犯行へと駆り立てた自分を恨むしかなかったのだろう。

もしかしたら里見の母も、長谷川と同じく自分を恨んでいるかもしれない、と思うと、訪問することが逆に彼女にとっては苦痛であるやもしれないと思えてきてしまい、田宮は何度目かわからない大きな溜め息をついたあと、仰向《あおむ》けになり天井を見上げた。

『田宮』

暗闇の中、里見の微笑む顔が浮かんでは消える。

十年以上『親友』として過ごしてきた彼——誰よりも信頼し、誰よりも心を許していた友。正義感が強く、曲がったことを許せない凛々《りり》しい性格をしていた友。田宮の愚痴を親身になって聞いてくれながらも、『それはお前が間違ってる』と正しき道を教えてくれようとした、頼もしい友。

『もっと要領よく生きろよ。お前は人がよすぎるんだから』

行く末が心配だとよく説教されたものだが、そういう彼こそ、要領のよさからはかけ離れたところにいた。

『お前のほうが心配だよ』

田宮がそう言うと、

『お前にだけは言われたくないよ』

と笑っていた友の顔が、その声が、耳に蘇り、田宮の胸を熱くする。

「里見……」

殺人事件を起こし、その上罪を自分に擦りつけようとした彼ではあったけれど——いよいよ逃げられないと悟ったときには、田宮を犯した挙句に自害の道連れにされそうになったこともあったけれど、それでも田宮にとっての里見は、十数年間、誰より心の通じ合った友として過ごしてきた男だった。

「里見……お前も俺を、恨んでいたのか?」

問いかける田宮の目尻を、一筋の涙が伝う。

『馬鹿。そんなわけあるか』

いくら耳を澄ましたところで、里見の声は聞こえない。

「……う……」

涙が次々と盛り上がる両目を両掌で押さえながら田宮は、その夜一晩中、声を殺して泣き続けた。


「おはようございます」

翌朝七時半、ドアチャイムの音が室内に鳴り響いたのに、眠れぬ夜を過ごした田宮は何事かとドアを開いた。

「……富岡……」

「お迎えに上がりました。なんてったって僕は田宮さんのボディガードですから」

開いたドアの向こうで、にこにこ笑いながら答えていた富岡の眉間《みけん》に縦皺《たてじわ》が刻まれる。

「どうしました？」

「何が」

問い返した田宮の腕を、富岡ががしっと摑んだ。

「おい、放せよ」

「昨日、泣いたんじゃないですか」

慌てて彼の手を振り解こうとした田宮だが、富岡に見抜かれてしまったことへの気まずさからふいと顔を背けた。

「もうボディガードなんて必要ないから。先に行ってくれよ」

「田宮さん、何があったんです？　昨日、高梨さんに何か言われたんですか？」

富岡が田宮の視線を追うようにして顔を覗き込んでくる。

「なんでもないよ」

「なんでもないって顔じゃないでしょう」

いいから行きましょう、と強引に田宮の腕を引く富岡に、

「放っておいてほしいんだ」

今はとても相手をする気持ちになれない、と田宮は富岡の手を振り払い、部屋の中に戻ろうとした。

「……傷つくなあ」

ドアを閉める直前、富岡が呟く声が田宮の耳に響いたが、顔を上げる気にはなれなかった。

そのまま暫《しばら》くドアの前に立っていると、カンカンという富岡が外付けの階段を下りていく靴

音が聞こえてきた。

行ったか、と田宮は小さく溜め息をついたあと、身支度を調え、リビングの机で煙草を一本吸った。あまりふかすでもなく、じっと手の中の火を見つめ、随分煙草が短くなってから、そろそろ行くか、と灰皿に押しつけて火を消し立ち上がる。

田宮にも喫煙していた時期はあったが、高梨が煙草を吸わないせいで、彼と暮らし始めてからは滅多に吸うことはなかった。たまに飲んでいるときにふと吸いたくなる程度の煙草を今日田宮がわざわざスーツのポケットから探し出してまで吸ったのは、単なる時間潰《つぶ》しというよりは、気持ちを落ち着かせたいためであった。

富岡が心底自分を心配してくれているということは、田宮とて勿論《もちろん》わかっていた。おちゃらけているようでいて、富岡は決して一線を越えてはこない。それもまた彼なりの田宮への思いやりだとわかってはいるのだが、わかっていて尚、今、田宮は誰にもかまわれたくなかったのだった。

一年半前の里見の事件は、社内ではもう噂に上ることもない。事件後、社員の好奇の目を集めていたが、いつしかそんな視線を感じることもなくなった。

皆の記憶から事件のことが、そして里見の存在が薄れていく。だが田宮の記憶の中では里見は未だに生き生きと、在りし日の姿のままで存在し続けている。

在りし日のまま――誰より心を許せる真の友として、里見は田宮の内で生き続けているのだが、その里見の身内から恨みを買っているということを知らされたショックから、田宮は未だ立ち直れずにいた。

外付けの階段を下りきり、駅へと向かおうとした田宮は、路上に見覚えのある車が停まっていることに気づいて足を止めた。

「……………」

昨日、乗ったばかりの濃紺のＢＭＷ——運転席から富岡が、硬い表情のまま降りてきて田宮の前に立つ。

「送りますから」

「いいって言ったろう」

諦《あきら》めたわけじゃなかったのか、と田宮は溜め息をつきつつ彼の横を擦《す》り抜け駅へと向かおうとしたのだが、富岡は田宮の腕を摑むと、強引に車へと引きずっていった。

「富岡」

「何も詮索《せんさく》しませんから。お願いだから乗ってください」

放せ、と手を振り解こうとした田宮を助手席に乗せ、富岡はいつになく真面目な顔でそう言うと、車を回り込んで運転席に乗り込んだ。

「タクシーかなんかに乗ってると思ってくれていいですから」

前を向いたまま富岡はそう告げ、それきり何も喋らず黙々と運転を続けていった。

「………」

田宮もまた、無言で運転席とは反対の車窓の風景を眺め始める。タクシーだと思えと言われたところでそう思えるわけもなく、車内の沈黙は居心地の悪いものではあったが、だからといって自分から富岡に話しかける気にはなれず田宮はじっと窓の外を眺め続けた。

首都圏の道路は比較的空《す》いていて、殆ど渋滞することなく会社へと向かって車は進んでいく。三十分もしないうちに車は会社の通用口に到着し、車を停めたあと富岡はドアロックを解除した。

「それじゃ僕は近所の駐車場に車停めてきますから」

降りてください、と富岡が田宮に微笑んでみせる。

「……悪いな」

強引に車に乗せられたとはいえ、満員電車に揺られることを思えば楽をさせてもらったし、それに富岡は宣言どおり、何も詮索しようとしなかった。

駐車場に車を停めに行くのも手間であるし、と田宮は富岡に向かい頭を下げたのだったが、

「僕が好きでしていることですから。田宮さんは気にしないでいいんですよ」

富岡はなんでもないことのようにそう言うと、「またあとで」と田宮に向かって手を振った。

「富岡」

「今朝はなんとなく、田宮さんを一人にしておきたくなかったんです」

おせっかいがすぎると自分でも思うんですけどね、と自嘲《じちょう》する富岡が腕を伸ばし、田宮のために助手席のドアを開く。

「……富岡……」

「あなたが傍にいてほしいのは僕じゃないってことも、重々承知してたんですが、まあ、足くらいの役目は果たせるかなと思ってね」

降りていいですよ、と富岡が目で車の外を示す。

「…………」

田宮は口を開こうとしたが、自分が決して富岡の望むような言葉を発することができないとわかっているだけに、何も言うことができなくなった。暫しの沈黙が車中に流れたが、いつまでも発車しない車を訝り、警備員が近づいてきたのに二人はほぼ同時に気づいた。

「それじゃあ、田宮さん、またあとで」

「ああ、またな」

慌てて田宮が車を降りると、富岡は急いで車を発進させた。基本的に彼らの社は自家用車での通勤が許されておらず、見つかると厳重注意を受けるのである。

そんな状況下にあるにもかかわらず、富岡は田宮のために車を出し、高い駐車場代を払ってまで送り迎えをするという。それが自分への好意に根ざす行動であることがわかるだけに、これ以上富岡に甘えるべきではないと田宮は一人溜め息をつくと、エントランスへの階段を上り始めた。

富岡からいくら好意を示されようと、それを受け入れることは自分にはできない。何度となく田宮は富岡にそう伝えているのだが、「好きという気持ちは抑えることができませんから」と富岡はめげることなく、田宮にアプローチをし続けていた。

『僕が好きでしていることですから。田宮さんは気にしないでいいんですよ』

いくらそう言われようとも、本人がまた『いい奴』であるだけに――多少性格に問題はあったが――彼の好意に甘え続けることは、とても田宮にはできなかった。

明日はもう、迎えはいらないと富岡にきっちり話し、彼を納得させなければ、と思いながら自動ドアを入ろうとしたそのとき、内ポケットに入れていた田宮の携帯が着信に震えた。

「……？」

こんな早朝から誰だろうと携帯を取り出し、ディスプレイを見た田宮の動きが止まる。ディスプレイに浮かんでいた名は――長谷川だった。

まだ長谷川の悪意に気づくより前、英語のクラスを早朝に変更したとき、田宮は至急のときの連絡先ということで長谷川と携帯の番号を交換していた。

一体なんの用があって電話などかけてきたのだろうと、田宮は一旦入りかけた自動ドアから外に出て、着信ボタンを押した。

「もしもし？」

『……田宮さん？』

酷い雑音の向こうから、長谷川の声が響いてくる。

「そうですが」

『……至急でお話ししたいことがあるんですが、今、出てこられませんか』

「え？」

くぐもった声で告げられた内容はあまりに唐突で、聞き違いではないかと田宮は問い返したのだが、長谷川は田宮のリアクションになどかまわず言葉を続けていった。

『「エリート」で待ってます。時間はそんなにとらせません。それじゃあ』

そのままぷつりと電話は切れ、ツーツーという発信音が田宮の耳に響いている。

「もしもし？　長谷川さん？」

どういうことだ、と田宮は長谷川の携帯にかけ直したのだが、話し中で繋《つな》がる気配はなかった。

「…………」

どうしよう――携帯を握り締めたまま田宮は立ち尽くしていた。道が空いていたため思いのほか早く社に到着できたせいで、まだ出社してくる社員たちの数は少なかったものの、呆然と立ち尽くす田宮を、皆、訝しげに眺めながら自動ドアを入ってゆく。

このまま捨て置くか、それとも長谷川の言う『話』がなんなのかを確かめるか、田宮は一瞬迷ったが、やがて心を決めると携帯をポケットにしまい、タクシー乗り場へと向かった。

客待ちのタクシーに乗り込み、英語学校『エリート』の場所を告げる。徒歩にして十分ほどの距離に運転手は露骨に嫌な顔をしたが、口では「わかりました」と答えて車を発進させた。

「…………」

後部シートに身体《からだ》を預け、田宮は再び携帯を取り出し、着信履歴に残る長谷川の番号を呼び出す。

今度は留守番電話センターに繋がった電話をすぐに切ると、田宮は手の中の携帯をじっと見つめながら、あまりに考えなしだろうかと自分の行動を反省した。

遅刻になるだろうし、一応社に連絡を入れておこうか、と会社の番号をプッシュしかけた田宮の頭に、それより前に、高梨に長谷川から呼び出されたことを報告するべきではないのかという考えが浮かぶ。

一旦電話を切り、高梨の番号を呼び出したものの、発信のボタンを押すことができず、田宮は電話をしまった。

高梨は多分、止めるだろう。長谷川は殺人事件の容疑者である上に、田宮への『復讐』のために実際嫌がらせを行っていた男である。呼び出されたと言えば、行くな、もしくは自分が行くまで待てと言うに違いなかった。

それがわかっていて尚、田宮が長谷川の呼び出しに応じたのは、彼がかつての友の従兄弟であったからなのだが、実際自分が長谷川に会って何をしようとしているのか、田宮自身にもよくわかっていなかった。

里見が事件を起こした動機は確かに自分にある——それは世間が思っているような『田宮の仕事の成功を妬んだため』ではなく、十数年もの間里見が胸に秘めてきた自分への想いであるのだが、それを長谷川に説明する気は勿論、田宮にはなかった。

長谷川の話を聞きたいのだろうか。彼がぶつけてくる自身への恨みを受け止めたいのだろうか。

里見を失った哀《かな》しみを、自分への復讐という形で癒そうとしているのであれば、喜んでその対象になろうと思っているのだろうか。

そこまで偽善者ではないか、と田宮が己の考えに自嘲したとき、タクシーは目的地に到着しドアが開いた。

「領収証いりますか?」

相変わらず不機嫌そうな運転手に、条件反射で「はい」と答えてしまったあと、

「あ、いりません」

私用なのでいらないか、と田宮は慌てて答え直し、財布から取り出した千円札を渡した。

「釣りはいりませんので」

「あ、そうですか」

ありがとうございます、と途端に機嫌がよくなった運転手に、現金だなと苦笑しつつタクシーを降りる。

多分自分は、里見の死を長谷川とともに悼みたいのだろう——ようやく納得できる答えを見つけたような気になりながら、田宮は自動ドアから学校の中へと足を踏み入れた。

既に九時を回っているせいか、早朝クラスの生徒たちもおらず、建物の中はしんとしている。学校に来いと言われたが、果たして長谷川はどこにいるのかときょろきょろとあたりを見回しながら田宮が廊下の角を折れたとき、不意に通り過ぎた教室のドアが開き、後ろを振り返る間もなく口を布のようなもので覆われた。

「……っ」

咄嗟《とっさ》に息を呑《の》んでしまったのに、甘い匂《にお》いが鼻腔と口の中に広がり、急速に意識が遠のいてゆく。

罠《わな》だった——しまった、せめて誰かにここへ来るという連絡を入れておくべきだった、と己の考えなしの行動を悔やむより前に田宮の意識は途切れ、その場に崩れ落ちるようにして気を失っていった。

8

夜を徹しての聞き込みのあと、早朝から新宿署の会議室では『英語学校外国人講師殺人事件』の捜査会議が行われていた。

「やはり、長谷川のホンボシ説が一番濃厚かと思うが」

議長を務める新宿署の美人捜査課長の言葉に会議に出席した大半の刑事が頷く中、寝ていないせいで血走っている目をした納《おさめ》が「しかし」と挙手をする。

「絞り込むには時期尚早かと思います。確かに凶器は発見されましたが、動機が不鮮明ですし、アリバイもあります」

「あれはアリバイにはならんだろう。それに長谷川とマリアが口論している様子は大勢の講師に目撃されている。動機がないとは言い切れないんじゃないか」

新宿署の古参の刑事が、課長の意見におもねるようなことを言うのに、

「そうですよ。第一凶器が彼のロッカーから発見されているんです。言い逃れはできないんじゃないでしょうか」

おもねる刑事その二、というわけではないだろうが、署の若手も同意の意思表明をした。

「どうです、高梨警視。何かご意見がありそうですが」

司会の課長が黙り込んでいた高梨に話を振る。

「課長、高梨警視のご意見は今回はちょっと……」

先ほどの古参の刑事が、ちら、と高梨を見ながら手を上げたのに、最初に噛《か》み付いたのは納だった。

「聞き捨てなりませんな、山下《やました》さん。何が『ちょっと』ですか」

「サメちゃん、ええて」

高梨が慌てて彼を制する横から、彼の部下である竹中《たけなか》もいきり立った声を上げる。

「事件関係者に身内がいるとでもおっしゃりたいんでしょうか。警視はそんな、公私混同される方じゃありません」

「竹中も黙っとき」

「だって警視」

高梨が厳しい声を出したのに、憤懣《ふんまん》やるかたなしといった表情ながら竹中が大人しく黙り込む。

「高梨警視の知人というのはあの、長谷川に嫌がらせを受けていたという英語学校の生徒ですよね」

そのとき凛とした声が会議室内に響き渡り、高梨や納、それに竹中をはじめとする皆の注目が一気に声の主に——司会進行役の新宿署の課長に集まった。

「ええ、そう聞いてますが」

真っ先に答えたのは、高梨の捜査介入に批判的な意見を出してきた、山下という古参の刑事だった。得意そうに胸を張っているのは、自分の主張を課長が受け入れてくれたと思ったかららしい。

「その程度で今回の殺人事件の関係者とは言えないでしょう。捜査を外れていただく必要は私はないと思います」

「課長！」

納が弾んだ声を出し、山下が残念そうに肩を竦める。

「おそれいります」

高梨が司会に向かい深く頭を下げた横では、竹中が嬉しそうにニコニコと笑い高梨の顔を見上げていた。

「礼には及びません。それより捜査状況を説明してください」

高梨の謝意を、見事なほどにつんと澄まして退けた課長は実は、高梨の大学の後輩でもあった。二十六歳という若さで新宿署の捜査一課を任されている、将来の幹部候補といわれる男なのだが、できる男というだけでなく顔立ちが非常に整っていることでも定評があった。

「それじゃ、まず私から」

納が早速手を上げ、高梨に向かって、任せておけ、というように目配せをする。

「確かに長谷川のロッカーから凶器のネクタイは発見されましたが、だからといって彼を犯人と断定するのは危険すぎます」

「その根拠は」

課長の厳しい問いかけに、納は手帳を捲《めく》りながら説明を続けた。

「ロッカーは個々人で施錠できるのですが、鍵を忘れたときの用心にとマスターキーが事務室に保管されているそうです。そのことは殆どの講師や事務員たちが知っていたといいます。裏を返せば、校内の者なら誰でも凶器のネクタイを長谷川のロッカーに入れることは可能であったということです」

「具体的な目撃談はあったのですか。誰かがマスターキーを借り出した、もしくは長谷川のロッカーに誰かが近づいていたという」

課長の厳しい問いは続く。

「いえ、そのような話は誰からも出ていません」

「あくまで仮定の話というわけですね」

念押しをする課長に、納も負けずに自分の意見を押し返した。

「そもそも凶器のネクタイをわざわざ勤め先のロッカーに入れるという行為自体が不自然だと思います。また、長谷川とマリアの間で口論はありましたが、二人の仲が取り立てて険悪だったというわけではなく、長谷川は殆どの講師や経営陣と口論が絶えなかったと——いうなれば校内では浮いた存在だったという話です。こちらは裏づけを取ってます」

「経営陣といえば、経営者の木村《きむら》と伊勢崎組の関係はかなり濃厚なようです」

納に続いて挙手し、意見を述べたのは高梨だった。昨夜のうちにミトモが木村と伊勢崎組の関係を調べ上げ、高梨の携帯に連絡を入れてきたのである。

「『エリート』も経営が行き詰まってきたので、最後の荒稼ぎとばかりにかなりの無茶をしていたようです。伊勢崎組の組員もよく出入りをしていたという話でした」

「長谷川は最近勤務し始めたために、経営状態や校長がヤクザとつるんでいるという話をまったく知らなかったようで、使途不明金やらグレイな入金について木村を問い詰めていたという話を、既に退職している事務員から聞き出しました」

高梨の横で竹中が挙手し、聞き込んできた意見を述べる。

「犯行を彼の仕業に見せかけることで、うるさい長谷川の口を塞《ふさ》ぐ——まあ、一石二鳥ではありますが、推測の域を出ていませんね」

新宿署の課長は高梨らの意見に耳を傾けつつはあったが、未だ捜査方針を変更するところまで彼の気持ちは至っていないようだった。

「長谷川ホンボシ班と、濡れ衣班、二つに分けりゃあいいじゃねえか」

納の先輩刑事が挙手もしないで意見を述べたのを、課長がじろりと睨みつける。

「足並みが乱れる」

「決め付けは危険でしょう。長谷川にはこれという動機もないのだし」

「それこそ決め付けでしょう。その動機を今後の捜査で突き止めていくんじゃないですか」

喧々囂々《けんけんごうごう》、皆が意見を出し合う中、

「静かに」

課長の凜とした声が響き渡った。

「確かに決め付け捜査は危険です。誤認逮捕をすることにでもなれば目も当てられませんからね。長谷川の動機を探りつつ、彼が冤罪《えんざい》であるという可能性を捨てずに周辺を洗いましょう。これでよろしいでしょうか」

課長の視線は真っ直ぐに高梨へと注がれている。本庁の刑事に対する対抗意識をありありと感じさせる眼差《まなざ》しではあったが、だからといって捜査に支障をきたすような態度を貫く気はないらしい。助かったなと思いつつ高梨はまた、

「おそれいります」

とあくまでも下手に出て頭を下げた。

「その伊勢崎組だが、組を大きくしようっていうんで最近動きがえげつなくなってるらしい。ウチの四課も目ぇつけてるらしいぞ」

先ほどの納の先輩刑事がまた挙手もせずに意見を述べる。

「かなり危ない橋を渡ってるようだ。『エリート』がらみで動きがあるようならコッチにも連絡をくれと声をかけてはあるんだが」

「一体誰の許可を得ての行動です？」

新宿署課長が尖《とん》がった声を出したのに、

「今、許可を取ってるんじゃねえか」

刑事が肩を竦めてみせる。

「あなたがしているのは『事後報告』で許可申請じゃないでしょう」

「どうでもいいじゃねえか」

「よくありません」

冷静なはずの課長がその刑事相手だとなぜか酷く熱くなるさまを、高梨をはじめ会議に出席していた者たちがぽかんと口を開けて見守っていたそのとき、

「おっと、失礼」

言い争っていた刑事の携帯に電話が入ったらしく、課長に向かっておどけた仕草で手を上げ応対に出た。

「会議中は電源を切っておけ！」

「もしもし？　……おう、おう……なんだって？」

怒鳴りつけた課長も、その様子を見守っていた刑事たちも、電話の相手に驚きの声を上げ

る刑事の声に、何事かと聞き耳を立てる。

「わかった。すぐ行く」

「なにがあったんです」

電話を切った途端、課長の声が飛んだ。

「伊勢崎組が動いた。大型のバンに数台の車で『エリート』に乗りつけたらしい」

「なんだって？」

会議室がざわめく中、

「静かに！」

再び凛とした課長の声が飛ぶ。

「本件とは無関係かもしれません」

「しかし気にはなります」

冷静な課長の言葉を受け同じく冷静に返しながらも勢いよく立ち上がったのは高梨だった。

「高梨警視」

どうしたんです、と横から竹中が問いかけるのに、

「嫌な予感がするんや」

答える高梨はもう、部屋を駆け出ようとするところだった。

「高梨、俺も行くぜ」

納も立ち上がり、彼のあとを追う。

「僕も行きます」

竹中ら本庁の刑事が続こうとする背後で、「わかりました」という課長の声が響いた。

「一旦解散。動ける者は『エリート』に向かってください」

「……え」

課長の言葉に、先頭を走っていた高梨が驚き振り返る。勝手な行動を諫《いさ》められることはあっても、まさか部下に高梨の行動に従うよう命令を出すとは思っていなかったからである。

「長谷川も今朝は『エリート』に出勤しているようですしね。何より高梨警視の刑事の勘には定評があると聞いています」

「……ありがとうございます」

頭を下げた高梨に、

「外したときの言い訳も考えておいてください」

そんな小憎らしいことを言う課長の顔は笑っていた。

「行きましょう、警視」

「せやな」

竹中に声をかけられ、高梨は再び新宿署の課長に頭を下げると全速力で部屋を出、外へと向かった。

竹中とともに覆面パトカーに乗り込んだ高梨は、ポケットから携帯を取り出し田宮にかけ始めた。

「どうしたんです？」

「いや、なんとなく……」

それこそ『嫌な予感』がするんや、と言いながら耳を押し当てた携帯からは『留守番電話センターにお繋ぎします』というメッセージが聞こえてくる。

「地下鉄にでも乗っとるんやろか」

電話を切り呟いた高梨の胸に、益々もやもやとしたものが広がってゆく。と、そのとき携帯が着信に震え、ディスプレイを見て誰からかを確認した高梨は急いで応対に出た。

「なんや、サメちゃん、どないしたん？」

『それが今、富岡君から電話があってな』

「富岡君から？」

問い返した高梨の胸の中ではもやもやがはっきりとした『不安』という形を持ち始めていた。

『ごろちゃん……いや、田宮さんが行方不明だというんだ』

「なんやて？」

電話越しに聞こえてくる納の言葉に、頭を殴られたような衝撃を受けながら高梨は電話を握り直し、詳しい説明を納に求めた。

『家から会社までは富岡君が車で送ったそうなんだ。社の前で降ろして、富岡君が駐車場に車を停めに行っている間にいなくなってしまったらしい。今朝は様子がおかしかったからことのほか心配になったたっていうんで、今、電話が入ったんだが』

「……わかった」

青い顔で電話を切った高梨に、

「どうしました？　警視」

運転席から竹中が、尋常でない事態が起こったことを予測し、声をかけてきた。

「いや……ごろちゃんが行方不明やと」

「なんですって？」

驚いたあまり竹中が急ブレーキを踏んでしまい、高梨の身体がシートから飛び出しそうになる。

「す、すみませんっ」

自身もフロントガラスにぶつかりそうになりながらもハンドルに縋り付いた竹中は、

「大変じゃないですか！」

今更のように騒ぎだし、高梨にどうするのだと言いたげな視線を向けた。

「………」

どうするか、と高梨は一瞬の逡巡《しゅんじゅん》のあと、上司である金岡《かなおか》課長に電話を入れた。

『どうした、高梨』

「申し訳ないのですが……」

簡単に今の捜査状況と、田宮がいなくなったという事情を説明すると、

『わかった。すぐに手の空いている者を「エリート」に向かわせる』

金岡は即答し、高梨が何を言うより前に新たな指示を出した。

『お前は竹中とT通商に向かえ』

「課長……」

許可を得るより前の指示に、高梨は一瞬言葉を失い電話を握り締めた。

『礼には及ばん。ごろちゃんの日頃の行いがいいせいだ。無断で会社をサボるようなことは絶対にしなさそうだからな。彼も一応事件の関係者ではある。身の安全を確保するのは捜査の一環だ』

「ありがとうございます」

思いやり溢《あふ》れる上司の言葉に心からの礼を言い電話を切ると、

「T通商ですよね」

待ってましたとばかりに竹中がアクセルを踏み込み、覆面パトカーは急発進し走りだした。

「聞こえたんか」

「聞こえなくてもわかりますよ。みんな気持ちは一緒ということでしょう」

にこにこ笑いながら竹中は、車のスピードを上げる。

「……すまんな」

「何を謝ることがあるんです。ごろちゃんの一大事じゃないですか」

フォローする竹中もまた心配そうな顔をしている。彼にとっても田宮は無断で会社をサボるような不真面目な男ではないということだろう、と高梨は「すまん」と再び詫《わ》びたあと、じっとフロントガラスの前を見やった。

確かに田宮は昨夜、長谷川の素性を知らされ酷いショックを受けてはいた。が、だからといって無断で会社を欠勤するような人間ではない。

『嫌な予感』が当たらなければいいのだが——胸に渦巻く不安が高梨の眉間に皺を寄せ、拳《こぶし》を握り締める掌に力を込めさせる。

無事でいてくれ——一心にそのことだけを祈る高梨を乗せた覆面パトカーは、田宮の社を目指し首都圏の道路を疾走していった。

「ん……」

酷い頭痛を覚えながら田宮は薄く目を開いた。むっとくるような埃《ほこり》の匂いが立ち込めている中起き上がろうとして、自身の手足が自由を奪われていることに気づき、愕然《がくぜん》とする。

「……な……っ…」

慌てて周囲を見回した彼は、自分のすぐ傍らに大柄の男が倒れていることに気づいた。後ろ手に縛られた手で身体を支えながらなんとか上体を起こし、顔を覗き込んだ田宮は驚きのあまり大きな声でその人物の名を呼んでいた。

「長谷川さん！」

「う……」

同じように後ろ手に縛られ、倒れていたのは長谷川だった。顔には酷く殴られた痕《あと》があり、よく見ると着衣も相当乱れている。袋叩きにでも遭ったような様子の彼は、田宮に名を呼ばれてようやく意識を取り戻し、呻《うめ》きながらうっすらと目を開いた。

「大丈夫ですか、長谷川さん」

大丈夫のわけがないと思いつつも、田宮はなんとか長谷川へとにじり寄ろうとした。手首を捕らえていた縄はあまりしっかりと結ばれていなかったようで、動かしているうちに結び目が緩んできた。しめた、と田宮がなんとか縄から腕を引き抜こうとしたそのとき、がらがらと扉を開く音が響き、何事だと田宮はその場で動きを止めた。

「なんだ、もう目を覚ましやがったのか」

扉から射し込む光が、入ってきた五、六名の男のシルエットを照らし出す。光を背にしているので顔は見えなかったが、言葉つきからどうも真っ当な職業についている輩《やから》ではなさそうだと、田宮は近づいてくる男たちの様子をじっと窺っていた。

田宮が捕らえられているのはどうやら大型の倉庫の中のようだった。大きな貨物が並ぶ間を男たちがゆっくりと、田宮と長谷川が転がされていた場所まで歩み寄ってくる。

「……あ……」

顔の造作がはっきりと認識できるような距離まで男たちが歩み寄ってきたとき、田宮はその中に見知った顔を見つけ、思わず驚きの声を上げた。いかにもチンピラといった外見の男たちの陰に隠れるようにして立っていたのはなんと、『エリート』の経営者、木村に他ならなかった。

「コッチは目が覚めていないのかよ」

チンピラの一人が長谷川へと駆け寄っていくと、勢いよく彼の腹を蹴《け》り上げた。

「おいっ」

苦痛に呻く長谷川の横で、思わず田宮が声を上げる。

「お節介もたいがいにしないと、今度はあなたを殴りますよ」

じろりと、長谷川の腹を蹴ったチンピラが田宮を睨んだ後ろから、木村の笑いを含んだ声が響いてきた。

「木村さん、これは一体どういうことですか」

「おや、私の顔と名を認識していらしたとは、さすが一流商社にお勤めの方は記憶力がいいですね」

田宮に問いかけられ、木村は一歩前に出るとにこやかに微笑みながら田宮の顔を覗き込んでくる。

「ふざけないでください。一体ここはどこですか」

「晴海埠頭《はるみふとう》の倉庫ですよ。持ち主が大変な負債を抱えていましてね。中の荷物にかけている保険金が手に入らなければそれを返済することができないくらいに追い詰められてしまっている、そんな倉庫です」

「…………」

木村が英語学校の説明をしてみせたときとまるで同じ口調で田宮の問いに答えている間に、チンピラたちが倉庫内に散らばり、手にしていたポリタンクの中身を荷物にぶちまけ始めた。

「な…っ」

無色の液体が匂いから間違いなく灯油であることがわかったと同時に、田宮は先ほどの木村の言葉の意味を解し、愕然としたあまり言葉を失ってしまった。

『中の荷物にかけている保険金が手に入らなければ』——保険が下りるのは荷物が破損もしくは紛失したときだ。こうして灯油をぶちまけているということはもしや、この場に火を放つという意味なのではないか――呆然とする田宮の表情から、木村は彼がすべてを察したことに気づいたらしい。

「やはり一流商社にお勤めの方は、勘がいい」

あはは、と楽しげにすら聞こえる笑い声を上げると、木村は灯油をまき終わったらしいチンピラたちを振り返り「行くぞ」と声をかけ踵《きびす》を返した。

「待ってくれ！　どうして俺や長谷川さんを巻き添えにするんだ！」

このまま火でもつけられれば焼死は免れない。しかも木村がその気満々であることは彼の口調や行動から田宮にもわかった。

なぜ自分が巻き添えを食わねばならないのだという疑問もあったが、何より死にたくないという思いから、田宮は立ち去ろうとする木村の背中に縋るような気持ちで叫んだ。

「だから言ったでしょう？　お節介は身を滅ぼすと」

木村の足が止まり、肩越しに田宮を振り返る。

「なんのことだ？　お節介など焼いた覚えは……」

ない、と断言しようとした田宮は、続く木村の答えに、あ、と声を上げそうになった。

「マリア殺害を色々詮索していたそうじゃないですか。松田さんから泣きが入りましてね、それでこういうことになった、そういうわけです」

「どうして松田さんの名前が出てくるんだ？」

問いながらも田宮の頭には、もしや、という考えが浮かんでいた。

確かに松田には、マリアの人となりや、校内での人間関係を尋ねたことがある。そのときの彼はあきらかに動揺していた。

それを自分は、警察に事情を聞かれすぎてナーバスになっているのだろうと思っていたが、もしやそれ以上の理由があったのではないか——その考えが正しかったことは、すぐに田宮の知るところとなった。

「松田さんには多額の口止め料をお支払いいただいたあとでしたからね。あとのフォローも必要だったんですよ。ここまで言えば想像はつくでしょう？」

何せ優秀な商社マンなのですから、と木村が笑い、改めて田宮へと身体を返した。

「……松田さんがマリアを殺したということか？」

まさか、と思いながら問いかけた田宮に、木村は笑顔で頷きその疑念を肯定してみせた。

「……そんな……」

信じられない——学生ラグビーの英雄とまで言われた松田が殺人を犯すとは、と愕然としていた田宮の耳に、歌うような口調の木村の説明が響いてくる。

「本人も、殺すつもりはなかったと嘆いていましたよ。英語のことで相当追い詰められていたんでしょうねえ。管理職になれないかもしれないと日々悩んでいたところに、マリアから関係したことを会社にバラすと脅され、切れてしまったのだと、ちょっと問い詰めたら泣きながら告白しましたよ。あんまり気の毒なもので、なんとかしてさしあげたいと思いましてねえ」

「……それで長谷川さんを犯人に仕立て上げたと？」

長谷川の犯行と聞かされたとき、どうにも違和感を覚えたものだが、木村の画策だったのか、と問い返した田宮に、

「本当に商社マンは勘がよくていらっしゃる」

最後まで説明しなくてもおわかりなんですからねえ、と木村が馬鹿にしたように笑い、一歩を踏み出してきた。

「前々から長谷川は、経営に関することに何かと口出しをしてきましてね、言うなれば我々にとって目の上の瘤《こぶ》ではあったんですよ。それでまあ、彼に罪を着てもらうことにしたんですが、なんでも長谷川はあなたへの悪戯電話のおかげでアリバイが成立したというじゃありませんか」

驚きましたねえ、と木村がわざとらしく肩を竦めたとき、田宮の傍らで長谷川が、うう、と小さく呻いた。

「長谷川さん？」

「あなたを呼び出させるため、相当痛めつけましたからね。骨の一、二本は折れてるかもしれません」

田宮の注意が長谷川に逸れたのを察した木村は、あたかもなんでもないことのようにそう言うと「なんてことを」と目を剝いた田宮を無視し、話を続けた。

「凶器とマリアの手帳という、動かしがたい証拠の品を用意したというのに、まさかこうもあっさり長谷川が釈放されるとは思いませんでね。松田さんからは、大金を払ったのにどういうことだとやんやと責められまして、それで仕方なくもうワンアクション、起こさざるを得なくなったというわけです」

「俺と長谷川さんをここで殺すというのか?」

ワンアクションという簡単な言葉で片付けられているが、要はそういうことだろうと確認を取った田宮に、

「そのとおりです」

木村はにっこりと微笑むと、一歩、田宮から離れた。

「理由はさっぱりわかりませんが、長谷川はあなたを恨んでいるという。長谷川があなたを教室に呼び出してそんなことを言っていたと、講師の一人が進言してくれましてね、それでシナリオを書き直したんです。マリア殺害が警察に知れ、やけになった長谷川が恨みを抱いていたあなたを巻き添えにして焼身自殺を図ったと」

「そんなシナリオ、警察が信じるわけがないっ」

木村が一歩、また一歩、田宮たちから後ずさってゆく。

「さあ、どうでしょう。長谷川の遺書は用意しました。講師の一人に頼んで、あなたへの悪戯電話は長谷川に頼まれて自分がやったと証言させる手立ても整ってます。よほどのことがない限り、警察は被疑者死亡で送検すると思いますよ」

木村が周囲のチンピラに目配せし、踵を返した。チンピラの一人が内ポケットから取り出したものを見て、田宮は息を呑む。

「よせっ！」

なりふりかまわず田宮が絶叫したのはそれが、ライターだとわかったためだった。

「まあ、私自身はあなたになんの恨みもないんですが、松田さんがあなたのことを気にされてましてねえ。どうしても消してほしい、あなたがいると安眠できないと言うものでね」

恨まないでくださいね、と肩越しにちらと田宮を振り返りそう言うと、木村は靴音を響かせ倉庫を出ていこうとした。

「待て！　木村！」

田宮がどんなに叫んでも木村の足は止まらない。彼のあとにチンピラたちも続いて倉庫の扉まで歩いていくと、ギギ、と大きな音を立てて扉を開き、木村を先頭に順番に外へと出ていった。

最後に残ったチンピラが振り返り、ライターに火をつける。

「やめろーっ」

田宮の絶叫など耳に入らぬようにチンピラは無表情のまま火のついたライターを、ぽん、と足元の床へと落とした。

「うわっ」

途端に床にまかれた灯油に火がつき、一直線に周辺の貨物へとその火が走ってゆく。物凄いスピードで火が回る中、チンピラは慌てたように倉庫の外へと駆け出し、きっちりと扉を閉めてしまった。

「嘘だろっ！　おいっ！」

炎はあっという間に倉庫内に広がり、今にも自分が寝転ぶ場所まで侵してこようとしている。田宮はパニックに陥りながらもなんとか手を振り回し、解けかけた縄の間から強引に手を引き抜くと、足を縛った縄を大急ぎで解いて身体の自由を取り戻した。

「長谷川さん！　長谷川さん！」

傍らで呻いている長谷川を揺すりながら、彼の縄をも解いてゆく。その頃には火は倉庫内に回り、凄まじい熱気が田宮たちの周辺を包んでいた。あちこちでドン、という轟音《ごうおん》とともにコンテナに火柱が上がり、業火とも言うべき炎が立ち上っている。

「長谷川さんっ！　しっかりしてくださいっ！」

焦りからなかなか縄が解けずにいたが、なんとか腕の縄を解き終わったあと、田宮は長谷川の身体を揺さぶり意識を取り戻させようとした。

「…………」

長谷川がびくとも動かずにいるので今度は足を結んでいる縄を解こうとしたが、縄目に手をかけたとき、彼の身体がびくっと大きく震えたのに、もしや、と田宮は急いで長谷川の上半身へと戻り、肩を摑んで顔を覗き込んだ。

「長谷川さん！　大丈夫ですかっ」

やはり長谷川は既に意識を取り戻していた。炎の熱さのせいだけではなく、痛みが彼の額にびっしりと脂汗を浮かせている。

「しっかりしてください！　今、縄解きますから」

そう声をかけ、田宮がまた足の縄へと戻ろうとしたとき、彼の耳に押し殺したような長谷川の声が響いてきた。

「……放っておけよ」

「なんですって？」

ゴォ、という炎の音でよく聞き取れず、田宮がまた長谷川の上半身のほうへと身体を戻し、顔を覗き込む。

「……足が折れてる。縄を解いたところで歩けやしないよ」

「え？」

慌てて田宮は長谷川の足元を見やり、確かに彼の膝下《ひざ》が変な角度に曲がっていることに気づいて痛ましさから眉《まゆ》を顰《ひそ》めた。

「肩、貸しますから。辛いでしょうがちょっと辛抱してください」

「だから放っておいてくれよ」

折れているのは両足なのか、片足なのかわからないが、とりあえず縛《いまし》めは解こうと足元へと向かった田宮は、弱々しいながらも吐き捨てるような口調で言った長谷川の言葉に、馬鹿なことを言うなと振り返った。

「放っておけるわけないでしょう」

「僕なんかにかまってたら、お前も助からない」

「そんなの、わからないじゃないですか」

言い争っているよりもまずは行動だ、と田宮は急いで長谷川の足の縄を解くと、彼の腕を摑んで上体を起こさせようとした。

「放っておけ！　あんたなんかに助けてもらいたくないっ」

「馬鹿！　ふざけたこと言ってないで、早く起きろっ！」

摑んだ手を振り解こうとする長谷川を、田宮は怒鳴りつけると無理やりまた彼の手を引いた。

「僕はあんたを売ったんだぞ！」

「うるさい！　いいから起きろ！　死にたいのかっ」

「あんたこそ死にたいのかっ！　僕のほうが体重は重い。担げるわけないだろうっ」

「火事場の馬鹿力という言葉を知らないのかっ！　御託はいいから早く起きろっ」

何度も振り解こうとする手を田宮は強引に摑むと、長谷川に身体を起こさせ、彼の腕を自身の肩へと回した。

「僕はあんたを恨んでるんだぞ」

「知ってるよ！　ほら、しっかりしろっ」

田宮が乱暴に言い捨てると、「くっ」と声を上げ、長谷川を支えてなんとか立ち上がろうとした。

「無理だ、歩けやしないだろう」

「そう思うなら少しは努力しろっ」

確かに田宮の力では、長谷川を担いでは数歩進むのがせいぜいだった。その間にも炎は回り、どこを見回してもオレンジ色の壁が立ち塞がって二人の行く手を阻んでいる。

「もういいよ。僕はどうせ助からない。あんた一人で逃げればまだ……」

「だからそんなことできるわけないだろっ」

田宮が叫んだとき、すぐ近くのコンテナからゴォッという音とともに火柱が上がった。

「うわっ」

よろけた途端バランスを崩し、二人は床に倒れ込む。

「だ、大丈夫か」

苦痛の呻きを上げた長谷川の顔を田宮が覗き込み、再び彼を起こそうとする。

「もういいよ……あんた一人で逃げてくれ」

「諦めるなよっ！　ほら、立てっ！　さあっ」

強引に腕を引き、立ち上がらせようとする田宮の手を、長谷川は乱暴に振り払った。

「もういいって！　僕は修一兄さんのところに行くんだっ！」

「馬鹿‼」

叫んだと同時に、田宮の手は長谷川の頬を張っていた。

「あ」

「痛《つう》っ」

殴るつもりはなかった、と愕然とした田宮は、頬を押さえ顔を背けた長谷川の肩を摑んで己の方を向かせると、「悪い」と詫び、また彼の腕を摑んで起き上がらせようとした。

「なんでだよ……行かせてくれよ。修一兄さんのところに……」

長谷川の顔が、まるで子供が泣きだすときのように歪《ゆが》む。

「里見が喜ぶわけないだろっ！　なんで来たって追い返されるぞっ！　どうしてそんなことがわからないんだっ！」

まだ言うか、と拳を振るいたくなる気持ちをぐっと抑えると、田宮は顔を覆って泣き始め

た長谷川の腕を摑み「ほらっ」と強引に起き上がらせようとした。

「なんでそんなこと、あんたにわかるんだよ……」

泣きじゃくりながらも長谷川は、田宮の腕に縋りのろのろと身体を起こす。

「当たり前だろ！　里見とは十年以上も付き合ってるんだっ！　隠し事も何もしたことない！　いつも真正面からぶつかり合ってきたんだ！　あいつが考えてることが俺にわからないわけがないっ！」

叫ぶ田宮の脳裏には、在りし日の友の——里見の顔が浮かんでいた。

『そのとおりだ』

微笑む里見に向かい、田宮は心の中で叫ぶ。

『頼む、里見！　力を貸してくれ‼』

「心の友……？」

ぼそりと長谷川が呟いた声が田宮の耳に響く。

「ああ！　心友だ！　何があろうとあいつは俺の心友だっ！」

そう叫んだとき、幻の里見がにっこりと微笑んだ顔が田宮の脳裏に浮かんだ。

『親友より上の友情ってなんだかわかるか？』

かつて酔った拍子に、そんな話を二人でしたときのことが、記憶の底から蘇ってくる。

『わかんない。愛情？』

『違うよ。心の友と書いて「心友」だよ。心が通じ合ってるのが「親友」、その上で相手のためならなんでもしたいと思うのが「心友」。損得勘定も何もない、ただ相手の幸せを願う、そんな友達』

『それじゃ、俺たち「心友」だよな』

そのとき田宮は随分酔っていて、なんの照れもなく里見にそう言い、彼の顔を覗き込んだのだった。

『そうだな』

里見はまだ酔いが足りなかったのか、酷く照れたような顔をして田宮の肩を叩いた。その手の温《ぬく》もりが今、田宮の脳裏に急速に蘇り彼の胸を熱くする。

「里見のためにも、ほらっ！　しっかり立てっ！」

言いながら長谷川の腕を強く引いたとき、水滴が田宮の目の前を飛び散っていった。

「…………」

それが自身の目から零《こぼ》れた涙であることに気づいた田宮は慌てて片手で涙を拭い、どこか呆然とした顔でじっと自分を見上げる長谷川の腕をまた強く引いた。

長谷川は何も言わなかったが、歯をくいしばるようにして身体を起こすと、田宮の肩に腕を回し、必死で立ち上がろうとした。

「……入り口はあそこしかないのかな」

ようやく二人して立ち上がったとき、木村たちが出ていった扉を示し、そう呟いたのは長谷川だった。

「わからない……けど、他を探してる時間の余裕はないと思う」

田宮の言葉に長谷川は小さく頷くと、

「あのさ」

真っ直ぐに田宮を見つめ、落ち着いた声で呼びかけてきた。

「なんだよ」

「もしも一人なら助かりそうだと思ったら、遠慮なく捨てていってていいから」

「馬鹿か」

田宮は一言そう言い捨てると、「行くぞ」と長谷川を真っ直ぐに見返す。

「うん」

頷いた彼に肩を貸しながら、物凄い熱気が溢れる炎の中へと田宮は一歩を踏み出した。

絶対に助かってやる――その思いを胸に、入り口を目指し、炎に立ち向かっていこうとしたそのとき、バタン、と大きな音が響いたと同時に、数メートル先の扉が内側へと倒れ込んだ。

「すごい火だ！　消防車！　消防車を呼べ！」

「大丈夫か！　おいっ！」

「あっ！　危ないっ！　中に入るのは危険ですっ」

扉の向こう、大勢の人間が口々に叫ぶ中、炎をかき分けるようにして真っ直ぐに自分へと駆けてくる人影を見た田宮は、信じられない、と驚きの声を上げる。

「良平‼」

「ごろちゃん‼」

火柱などものともせずに駆け寄ってきたのは高梨だった。夢でも見ているのではないかと立ち尽くす田宮の頬を、高梨がぱちぱちと数回叩く。

「大丈夫か？」

「う、うん……」

夢ではない——現実なのだ、と思ったときには、高梨に続いて走ってきた刑事たちが周りを囲んでいた。

「危険です、警視、すぐに避難をっ」

「田宮さん、大丈夫ですか？」

「長谷川さん、怪我《けが》してるんですか？」

早く早くと顔見知りの刑事たちが急《せ》かし、田宮の肩から長谷川の身体を引き剝《は》がすと、二人がかりで担いでくれた。

「早く、ごろちゃん」

高梨が田宮の腕を摑み、入り口へと向かって駆けだしてゆく。転がるようにして皆が倉庫から出たとき、ドォン、という大きな音が背後で響き、物凄い高さの火柱が上がって倉庫の天井を突き破った。

「あかんっ、爆発するっ」

高梨が叫んだのに、外にいた刑事たちが慌てて倉庫を離れ、高梨もまた田宮を抱えるようにして路上を駆ける。

またもドォン、という轟音が響いたとき、背後から凄《すさ》まじい熱気と爆風が吹いてきて、高梨と田宮の身体は宙に浮いた。

「大丈夫かっ」

田宮を庇《かば》うようにして高梨が倒れ込み、上から田宮の顔を覗き込む。

「う、うん……」

ぱらぱらと細かい木片や火の粉が降ってくる中、田宮は頷き、高梨こそ大丈夫かと顔を見上げた。

「……ほんま……無事でよかった……」

高梨が起き上がり、田宮の腕を引いて立ち上がらせたあと、心底安堵《あんど》したように呟き、ぎゅっと身体を抱き締めてくる。

「……良平……」

パトカーと、そしておそらく消防車、それに救急車と思われるサイレンが鳴り響く中、ようやく助かったのだ、という実感が田宮にも湧き起こってきた。

同時にそれまでしっかりしていた足ががくがくと震え始め、自力では立っていられなくなってしまい、高梨の背に縋りつく。

「ほんまに……無事でよかったわ……」

しみじみとそう言う高梨の声に涙の気配を察し、田宮の胸にも熱いものが込み上げてきた。

「……良平……」

絶対に助かってやる——固い決意のその裏には、誰より愛しく思う高梨の存在があったのだ、と今更の想いに胸を熱くしながら、田宮は己を抱き締める高梨の背に縋りつき、生きていることの喜びを愛し愛される者とで分かち合う幸福に暫《しば》し酔った。

9

田宮と長谷川の証言からすぐに松田は殺人容疑で、木村は殺人未遂と犯人隠避の容疑で逮捕された。

松田は取調室に連れてこられた時点で諦めがついたのか、すぐに犯行を自白した。

マリアからの誘いに乗り、ホテルで性行為に及んだあと、そのことを会社にばらされたくなければ百万払え、と脅され、カッとなって殺したのだという。

松田は慌ててホテルを飛び出したのだが、マリアには実は脅迫が失敗したときの用心のために伊勢崎組のチンピラが見張りとしてついていた。部屋を飛び出した松田の様子を訝り室内に入った見張りが殺害されたマリアを発見、木村に通達し、木村は松田の犯行を知ったのだという。

木村は犯人を用意する代わりに、松田に一千万円を要求した。殺人犯の汚名を着ずにすむのならと松田はその脅しに乗り、今までの貯金と足りない分は街金に借りて一千万円を支払った。

「……この先一生しゃぶられるかもしれないとは思った……でも、過去の栄光と会社での立場を思うと、逮捕されるわけにはいかないと思ってしまった」

追い詰められていたとはいえ、無関係の田宮にまで迷惑が及んでしまったことを、松田は
「本当に申し訳なかった」と捜査員の前で涙を流して詫びた。

松田と比べて木村は往生際が悪く、「弁護士を呼べ」の一辺倒であったが、松田が何かあったときの用心にと取り付けておいた『念書』が逮捕の決め手となった。

『今後一切の金銭の要求はしない』という念書は、松田の気のすむように交わしたものだったが、勿論木村は守るつもりはなく、今後の脅迫は伊勢崎組がすることになっていたという。

その伊勢崎組が木村とのかかわりを一切否定したため、後ろ盾を失った木村はようやく自供し、外国人講師殺害事件は解決を見た。

長谷川は警察病院で治療を受けたあと、病室で高梨から事情聴取されることになった。

「傷の具合はいかがですか」

高梨の問いに長谷川は、「大丈夫です」と答えたが、そのあとも質問にぽつぽつと答えるだけで、高梨と目を合わせようとしなかった。

「前々から『エリート』の業務内容に疑問を抱いてはったんですか」

「ええ、帳簿がめちゃめちゃなのに気づいて、木村を問い詰めました。不法滞在で講師をしている者たちも個別に問い詰めた……それで目をつけられたのだと思います」

「正義感が強くていらっしゃる」

「……そういうわけではありません。人として当然のことをしただけで」

ぶすりとそう答え、ふいと顔を背けた長谷川に、高梨は一瞬迷ったあと、やはり話しておこうと口を開いた。

「そんな正義感の強いあなたが、あないな嫌がらせをしはったいうんは、なんや納得できませんな」

「……だから正義感など強くないのです」

長谷川がそっぽを向いたまま、ぶっきらぼうな口調で答える。まだ彼は田宮への恨みを忘れていないのだろうか――心の中で案じながら高梨は長谷川に、里見の事件の真実を伝えるべきか否かを迷いつつも話を続けた。

「里見さんの事件は僕が担当しました」

「知ってます」

即答され、高梨が一瞬息を呑んだ隙に、ぼそぼそと長谷川が言葉を続ける。

「おばさんに――修一兄さんの母親に聞きました。あなたと田宮さん、二人して線香を上げに来たと」

「そうですか……」

里見の母親には、自分が事件を担当した刑事であることを確かに高梨は名乗っていた。

『本当にご迷惑をおかけしまして』

最近聞き込みに訪れたときにも里見の母は高梨の顔を覚えていて、何度も何度も頭を下げ、涙ながらに詫びていた。その姿を思い起こしていた高梨の耳に、相変わらずぼそぼそとした長谷川の声が響いてきた。

「……事件のことを知ったとき、とても信じられなかった。修一兄さんが人を恨んだ挙句に殺人を犯しただなんて、そんなこと、あり得ないとしか思えなかった。何かの間違いに違いないと思って色々調べても、修一兄さんが犯人だったという事実しか出てこない。それならきっと、何か理由があるんだと——修一兄さんがあんな事件を起こすしかなかった理由がきっとあるに違いないと思って、兄さんが妬んだとされていた田宮という男のことを調べようと思っていた矢先——本人が僕の前に現れたんだ」

「……勤め先の英語学校に、生徒として、やね」

「ああ」

高梨の相槌に長谷川が頷き、再び口を開いた。

「名前と会社名を見たとき、『あ』と声を上げそうになった。こいつだ、と思ったらもう、手足が震えてきてしまって、冷静でいられなくなった。なんの悩みもないような顔で、元気に生きている姿を見たら、どうしてこんな奴のために兄さんは死んだのかと、そればかりが頭の中でぐるぐると渦巻いてしまって……こいつに思い知らせてやる——気づいたときにはそのことしか考えられなくなっていた」

「…………」

田宮は悩まなかったわけではない、と高梨は言葉を挟もうとしたが、そのときにはもう長谷川は喋りだしていた。

「忘れ物をしたという口実であとを追いかけて、そのあと家を突き止めようとつけていった。部屋の前まで行ってみたら、玄関先でどう聞いてもその種の行為をしているとしか思えない声が聞こえてきて、なんだ、こいつはホモだったのか、と気がついた」

「…………」

相手はお前だ、と言いたげな長谷川の視線を、高梨は正面から受け止めた。そうして二人は見つめ合ったまま暫くの間沈黙のときが流れたが、先に目を逸《そ》らしたのは長谷川だった。

「ホモだとわかった途端、なぜだか無性に腹が立った。自分でもよく理由はわからない。ホモならそれなりの報復をしてやれ——わけのわからない衝動から、ゲイサイトに本名やら会社名やらを晒してやった。親切ごかしに英語を教えてやると近づいたのも、もっと酷い目に遭わせてやろうと思ったからだった。そうこうしている間にマリアが殺され、容疑がかかったおかげで僕の嫌がらせもばれてしまった」

悪事は必ず露呈するということかもしれない、と自嘲する長谷川は、傷の痛みを覚えたのか、はあ、と苦しげに息を吐いた。

「大丈夫ですか」

「……大丈夫です。興奮して喋りすぎました」

高梨の問いに答えた長谷川の声は、随分冷静になっていた。また沈黙のときが二人の間に流れる。

「……長谷川さん」

かなりの時間が過ぎてから、高梨が静かに長谷川に呼びかけた。

「はい」

「……まだ、田宮さんのことを……ごろちゃんのことを、恨んでますか」

高梨が敢《あ》えて田宮を『ごろちゃん』と呼んだのは、これが刑事としての問いではなく、田宮のパートナーとしての——高梨個人としての問いかけであると示したかったためだった。

もしも『恨んでいる』という答えが返ってきたとしたら、高梨は長谷川に里見の真の動機を明かすつもりだった。一人死んでいったその理由は、田宮の友情を裏切るまいとしたためであるという『真実』を伝えるつもりだったのだが——高梨の前で、長谷川は小さく、だがはっきりと首を横に振った。

「……長谷川さん」

「恨んでいたかった……できることならね、ずっと恨んでいたかったですよ。修一兄さんが死んだのはあいつのせいだって、ずっと恨んでいたかったけれど……でもね」

言いながら長谷川はふいとまた横を向き、高梨から顔を背けた。

「……あの倉庫の中でね、炎に包まれて、人なんか助けてる場合じゃないってときになっても、あの人は僕を助けようとするんですよ。自分に嫌がらせした、自分を『恨んでる』って宣言したこの僕をですよ。一人でだって逃げられるかわからない、危険な状態だっていうのに、いくら放っておいてくれって僕が言っても、どんなに手を振り払っても、僕を助けようと躍起になるんです」

馬鹿ですよねえ、と笑う長谷川の肩は震えていたが、その震えは笑みからきているのではないことは、高梨にはよくわかっていた。

「長谷川さん……」

「もう放っておいてくれって、何度も言ったんです。僕は修一兄さんのところに行くって。そしたらあの人、『馬鹿野郎』って人のこと殴ったんです。ふざけたこと言うな、里見はお前を追い返すって。そのときにね、僕の耳に修一兄さんの声が聞こえた気がしたんです」

「里見君の？」

問いかけた高梨に、長谷川は「ええ」と頷いた。

「里見君は、なんて言ってたんですか」

「……こいつの言うとおりだって。こいつは俺の心友だ——心の友だって。前に……それこそ僕がまだ中学生くらいのときに、修一兄さんと友達の話をしたことがあったんですよ。親友よりも繋がりが深いのが『心の友』と書いて『心友』というんだって。自分にもそういう友達がいるって……」

「………」

　どう相槌を打っていいかわからず、黙り込んだ高梨の前で、長谷川は相変わらずそっぽを向いたまま、ぽつぽつと話を続けていった。

「……心の友か、と思わず呟いてしまったら、あの人——田宮さんは、さも当然のように、『そうだ』って僕に言ったんです。何があっても自分は修一兄さんの『心の友』だったって。だからあいつの考えていることは全部わかる。それ聞いたとき、修一兄さんがどう思ってたかなんてわかるもんか、という反発はなぜか覚えなかった。ああ、この二人は本当に心が通じ合った友達だったんだな、と思った……悔しいけれど、認めざるを得ないなと。この人を恨むことを修一兄さんは喜ばないなと……」

　長谷川の肩の震えが大きくなり、声が次第に上擦ってくる。

「……もっと……もっと嫌な奴ならよかったのに。修一兄さんが死んだのも、全部こいつのせいだと思えるような、そんな嫌な奴だったら、ずっと恨んでいられたのに……もう、もう誰のせいにもできない……修一兄さんが死んだのを、誰のせいにもできなくなってしまったじゃないか……」

　長谷川の声が次第に嗚咽《おえつ》へと呑み込まれていき、高梨に背を向けたまま両手で顔を覆った彼の肩が痙攣するように激しく震え始める。

「もう……もう、誰も、恨むことなんかできないよ……」

「それでええんやないかと思うよ」

泣きじゃくる長谷川の背を、高梨はゆっくりと叩いてやりながら、胸に溢れる思いを一言一言、嚙み締めるような口調で話し始めた。

「里見君は君が、誰かを恨むことなんか望んでおらんと、僕は思う。ごろちゃんを……彼の親友を恨むなんて、もってのほかやと思っとったと、僕はそう思うよ」

「……う……」

高梨の言葉に、長谷川の背はますます震え、嗚咽の声は高くなる。

「……ほんまにあの二人は、心が通じ合った友達やと思うわ。僕なんか人間ができてへんからな、友情や、わかっとるのに、ごろちゃんの心に今でも生き生きと存在しとる里見君に嫉《しっ》妬《と》してまうことがようけある。そうそう、このことは知っとるかな。ごろちゃん、毎月里見君の命日には、墓前に花を供えに行くんよ」

「……え……」

ようやく涙が収まってきたらしい長谷川が、小さく声を上げ、肩越しに高梨を振り返った。

「僕も一回、一緒に行ったことがあるんやけどな、ごろちゃん、里見君のお墓の前で、いつまでもいつまでも手ぇ合わせとるんや。いろんなことを話すんやて。仕事のことやったり、思い出話やったり、そらもう、時間を忘れるくらいにな。ほんま、今でもごろちゃんにとっ

ては、里見君はええ友達なんやと思うよ」

「……酷い目に遭ったんですよね……それなのに、『ええ友達』って、なんなんでしょう」

泣き腫《は》らした目をした長谷川が、問いかけるその顔は笑っていた。

「……ほんま、なんなんやろうね」

高梨も笑顔で答え、首を傾げる。

「……かなわないなあ……」

はは、と笑った長谷川の顔がまた歪み、両手で顔を覆った。

「……ほんまになあ」

高梨も小さく呟くと、布団の上から長谷川の身体をぽんぽん、と叩き、

「そしたらまた」

何かあったら伺います、と言い置き、病室をあとにした。

ドアを出る前に高梨は室内を振り返ったのだが、長谷川はそんな彼に涙に濡れた顔を向け、一言、

「申し訳なかったと伝えてください」

そう言うと、寝た姿勢ではあったが、深く――可能な限り深く高梨に頭を下げて寄越したのだった。

「あっ……」

その夜、高梨は金岡課長の計らいで、随分早い時間に帰宅を許され、やはり社から自宅療養するようにと早くに帰されていた田宮と二人、ベッドの上で抱き合っていた。

「……ごろちゃん、大丈夫？」

怪我らしい怪我はしていないとのことだったが、手足のあちこちに微《かす》かな火傷《やけど》の痕がある。痛々しい白い裸体を抱き締める高梨の頬にも、倉庫の中に飛び込んだときに負った小さな火傷の傷があった。

「良平こそ、大丈夫か？」

田宮が心配そうにそっと火傷の痕をなぞる。

「大丈夫やて」

「それに、疲れてるんじゃないのか」

数日の泊まり込みから、体調を案じてくれる田宮の胸に高梨は顔を埋める。

「疲れてへんよ。証拠、見せよか」

「何を……あっ……」

言いながら高梨が田宮の胸の突起をいつもより強く嚙む。

「ごろちゃんは、痛いくらいが感じるんよね」

「何、馬鹿な……っ……あっ……」

顔を上げてにや、と笑ったあと、悪態をつこうとする田宮の胸を、舌で、もう片方を指先で攻め立てる。高梨の愛撫に田宮の身体はしなやかにくねり、二人の身体の間で彼の雄が早くも勃ち上がり存在感を示し始めた。

「もうこないに硬くして……ほんま、ごろちゃんは胸、弱いなあ」

「いちいち確認するなよな……っ」

高梨の手が田宮を握り、ゆるゆると扱《しご》き上げるのに、田宮は可愛い口を尖《とが》らせ、高梨の手を逃れようと身体を捩《よじ》った。

「かんにん。怒らんといてや」

「かんにんせえへん」

「また嘘くさい関西弁使うて」

口論というよりはじゃれ合い、といった感じのやり取りを交わす二人の口からはくすくす笑いが漏れている。

「そしたら今日は、関西弁で喘《あえ》いでみようか」

「なんだよ、その関西弁で喘ぐって」

後ろから田宮を抱き込むようにしながら、高梨が耳朶《じだ》を噛むようにして、田宮に『関西弁の喘ぎ』をレクチャーする。

「『あかん』『かんにん』……こないな感じやね」

「……良平、結構色っぽいな」

くす、と笑った田宮の胸の突起を、後ろから回った高梨の指がきゅっと摘《つ》まみ上げる。

「やっ……」

「『や』やあらへんよ。『あかん』やて」

「言えない……っ……あっ……」

「だから『あ』やのうて、『かんにん』やて」

「馬鹿……っ……あっ……や……」

きゅ、きゅ、と胸の突起を抓《つね》り上げながら、もう片方の手で田宮の雄を扱き上げる。あっという間に勃ち上がった雄の先端から零れ落ちる先走りの液が高梨の指を濡らし、彼が手を動かすたびにくちゅくちゅという濡れた音が響き渡った。

「『あかん』て言うてみて」

「やっ……あっ……あぁっ……」

高く喘ぎ始めた田宮の耳には、既に高梨の声は届いていないらしい。腕の中で、自身への直接的な愛撫を受け、もどかしげに腰をくねらせる田宮の動きは、高梨にからかいを忘れさせるには充分なほど魅惑的で、いつしか高梨も言葉を忘れ行為へと没頭していった。

田宮を仰向けに寝かせ、大きく脚を開かせた姿勢で腰を高く上げさせる。既に勃ちきった雄が彼の腹に擦《こす》れ、先走りの液が滴り落ちた。

「挿れるで」

軽く指先で後孔を解《ほぐ》したあと、高梨がゆっくりと腰を進める。

「あぁっ……」

ずぶりと先端が挿ったとき、ひくつくそこがぎゅっと締まって高梨の雄を締め上げた。

「ごろちゃん、キツいわ」

高梨がぴしゃ、と軽く尻を叩くと、田宮は我に返ったような顔になり、「ごめん」と小さく謝ってきた。

「謝ることやないよ」

力、抜いて、と言いながら高梨が田宮の片脚を放し、彼の雄を握り締める。

「あっ……」

田宮が喘ぎふっと力が抜けたところに、高梨はぐっと腰を進め、奥底まで彼の雄を埋め込んだ。

「……動くで」

宣言したと同時に激しく腰を打ちつけ始めた高梨の下で、田宮の身体が大きく仰け反り、形のいい唇からは高い嬌声《きょうせい》が漏れてゆく。

「あっ……はぁっ……あっ……あっ……あっ」

華奢《きゃしゃ》な身体が敷布の上で綺麗に撓《しな》り、両手両脚が高梨の背に絡みつく。欲情を煽《あお》り立てるその感触に、紅色に染まる白皙《はくせき》の頬に、身震いするほど淫蕩《いんとう》な薄く開いた唇の間から覗く舌先の赤さに、高梨の動きは益々速まり、突き上げは益々激しくなっていった。

「あっ……はあっ……あっ……」

律動が激しくなるにつれ、田宮の嬌声もより高く、より切羽詰まったものになっていく。いやいやをするように首を横に振り、シーツの上で身悶《みもだ》える動きも、激しく、切羽詰まっていくさまに、高梨の欲情はこれ以上ない程に煽られ、すべての抑えが利かなくなった。

「やっ……あっ……そんなっ……そんな、深い……っ」

白い喉が露《あら》わになる程、身体を仰け反らせた田宮が悲鳴のような声を上げる。高梨の突き上げの激しさを物語るその声がまた、一段と高くなった。

「あぁっ……」

奥底を力強く抉《えぐ》られる感触に耐えられなくなったようで、先に田宮が達し、高梨の手の中に白濁した液を飛ばした。

「……っ……」

同時に彼の後ろがきゅっと締まる、その感触に高梨も達し、田宮の中にこれでもかというほど精を放った。

はあはあと乱れる息の下、田宮がうっすらと目を開き、高梨の背を己のほうへと抱き寄せようとする。

「……もう一回、ええ？」

潤んだ瞳の色っぽさに、つい高梨が欲情を抑えきれずにそう囁いてしまったのに、田宮は一瞬ぎょっとしたように目を見開いたあと、ゆっくり首を縦に振った。

「……大丈夫か？」

大きく上下する胸の動きに、最初から飛ばしすぎたかと反省した高梨が、心配そうに田宮の顔を覗き込む。

「……うん……でも……」

田宮が乱れる息の下、大丈夫、と微笑み高梨を見上げる。

「『でも』？」

なんやろ、と思って問い返した高梨に、田宮は悪戯《いたずら》っぽく笑ってこう言った。

「……あかん、もうちょっと休ませてや」

「……ごろちゃん、めちゃめちゃ色っぽいわ」

高梨が我慢出来ない、というように田宮の首筋にむしゃぶりつく。

「ちょっと……っ！　あかんっ……あかんって‼」

慌てる田宮の抗議の声は既に高梨の耳には届かず、田宮の色っぽい『あかん』の声が寝室内に暫し響き渡ることになった。

二度目の絶頂を迎えたあと、気を失ってしまった田宮に水を運んでやりながら、高梨は心からの反省をもって田宮の前で頭を下げた。

「ほんま、かんにん」

「大丈夫だよ……」

消耗しきった身体を高梨に支えられ、身体を起こした田宮がにっこりと微笑みかけてくる。

「……あないなことがあったのに、無茶させてもうて」

一つ間違えば死ぬところであった恐怖を味わったであろう田宮を、いつも以上に攻め立てた反省が高梨の胸に広がり、またも「かんにん」と深く頭を下げたのだったが、田宮は笑って首を横に振ると、空になったエビアンのペットボトルを手にしたまま、高梨の背を抱き寄せてきた。

「……ごろちゃん?」

「……不思議と死ぬ気はしなかったんだ……絶対生きてここを出てやるって思ってたよ」

「……ごろちゃん……」

高梨もまた、田宮の背をぎゅっと抱き締め、彼の髪に顔を埋めた。

「……このまま良平に会えなくなるわけがないと思ってたんだろうな」

「信じてええよ。この先何があろうと、ごろちゃんは僕が守るさかい」

そう言った高梨の腕の中で、

「そうか」

くす、と田宮が笑い、更にきつく高梨の背を抱き締めてきた。

「そう信じてたから、死ぬ気がしなかったんだ、きっと」

「ごろちゃん」

さも納得したように呟く田宮に、高梨の胸には彼への熱情ともいうべき愛しい想いが溢れてくる。

「ほんま、愛してるよ」

「俺も。愛してる」

囁き合い、きつく抱き合う二人の胸は共通の想いで満たされている。互いのその気持ちに欠片《かけら》ほどの疑いも持たぬことを意識しながら、高梨と田宮はいつまでも抱き合い、胸から胸へと伝わる想いの温かさを確かめ合った。

翌日、田宮は高梨を里見の墓参に誘った。珍しく二人の休日が重なったためともう一つ、高梨が長谷川の『伝言』を田宮に伝えたためだった。

『申し訳なかったと伝えてください』

長谷川が詫びていたと言うと、田宮は暫く考えたあと、高梨を墓参へと誘ったのだった。

都下にある霊園には、田宮の家から一時間ほどで到着する。昼過ぎに最寄り駅に着き、駅前の蕎麦《そば》屋で昼食をとったあと、田宮は石屋に寄ると言い、高梨は彼のあとに続いた。

「あら、今日はどうしました」

石屋では毎月現れる田宮はすっかり顔馴染みのようだった。

「別に理由はないんですが」

田宮が照れたように笑い、線香と花を求めるのを高梨は微笑ましく見つめていた。

里見の墓は、入り口の近く、五区にある。天気がいい休日のせいか、墓参客は結構いて、子供たちが高梨と田宮の横を楽しげな笑い声を上げながら駆け抜けていった。

「……あ……」

里見の墓のある列に足を踏み入れたとき、田宮が驚きの声を上げた。高梨もまた、同じ風景を見て驚き、思わず二人してその場に立ち尽くす。

二人の目に映っていたのは、里見の墓の前、松葉杖《づえ》をついた長谷川が一人、手を合わせている姿だった。

「……あ」

随分長いこと長谷川はじっと墓を拝んでいたが、やがて顔を上げ、戻ろうとして向きを変えたところで、田宮と高梨の姿にようやく気づいたらしい。彼もまた驚きの声を上げたあと、松葉杖をつきながら二人へと近づいてきた。

「まだ入院されてるとばかり思ってましたが」

大丈夫ですか、と問いかけた高梨に、殴られた痕も痛々しい顔をした長谷川が、「大丈夫です」と微笑んで答える。

「実家の近くの病院に入り直すことになりまして。その前に親の目を盗んで墓参りに来たんですが、まさかこうして会うとは思いませんでした」

「病院を抜け出して来はったゆうことですか」

いけませんなあ、と高梨が顔を顰《しか》めたのに、「大丈夫ですよ」と長谷川は笑ったあと、二人の傍らでどう言葉をかけてよいか迷っていたらしい田宮に視線を向けた。

「……昨日は本当にどうもありがとうございました」

深々と頭を下げる長谷川に、田宮が慌てた様子で声をかける。

「そんな、頭上げてください。お互い助かってよかったじゃないですか」

「あなたに助けてもらったと、修一兄さんに報告に来たんですよ」

長谷川はようやく頭を上げると、そう言い、里見の墓を振り返った。田宮も彼の視線を追うようにして墓を見やる。

「田宮さん」

墓を見たまま、長谷川が田宮の名を呼んだ。

「はい？」

「怪我が治ったら僕はまた、アメリカに戻ろうと思ってます」

「…………」

何が言いたいのかと田宮が眉を顰めたのに気づいたのか、長谷川が彼を振り返り、にこ、と微笑んで寄越した。

「就職先もなくなりましたし、まあ、ちょっと頭を冷やそうかなと思いまして」

「そうですか……」

確かに彼の勤め先の『エリート』は、経営者が逮捕されて営業を続けるのは難しいといわれていた。田宮たちの社をはじめ、多くの会社が契約を切ることも予測される。

頭を冷やしたいという気持ちもわからなくもない、と田宮はまた里見の墓を見やった。

長谷川は帰国してからずっと、里見の死について調べ続けていたという。事件のことも、そして自分という里見の事件に深くかかわった人間と出会ったことも、若い長谷川にとってはなかなかに辛い出来事だったのだろうと思う田宮の気持ちを読んだかのように、高梨が後ろから彼の肩をぽん、と叩き、そのままぎゅっと握り締めてきた。

「……………」

その様子を長谷川は眩《まぶ》しいものを見るかのように眺めたあと、またちらと墓を振り返り、視線を田宮へと戻した。

「おばさんは……修一兄さんの母親ですが、最近足を悪くして、なかなかここまで墓参りに来られないそうなんですよ」

「え？」

突然何を言いだしたのだ、と田宮が長谷川の顔へと視線を戻す。

「僕もいつアメリカから戻れるかわからないし……なので」

長谷川は松葉杖を動かし、田宮に一歩近づくと、彼の前で深々と頭を下げた。

「修一兄さんのこと、どうかよろしくお願いします」

「長谷川さん……」

田宮が虚を衝かれ息を呑んだのに、顔を上げた長谷川が、にっこりと笑いかける。

「それじゃあ」

晴れやかに微笑みながら、一歩一歩、松葉杖を進めてゆく後ろ姿を、呆然と田宮は見つめることしかできないでいた。

『修一兄さんのこと、どうかよろしくお願いします』

あの言葉は——長谷川は何を伝えたかったのだろうか。

あまりに自分に都合のいい解釈しか頭に浮かんでこないことに、それを受け入れていいものかと迷う田宮の目の前で、長谷川の足がぴたりと止まる。

「修一兄さんがね」

「え？」

かなり距離があったために、長谷川の声は大きく、まるで叫ぶような口調になっていた。

「前に僕に、『心の友』の——心友の話をしたことがあったんです」

「……そうなんですか」

答える田宮の声も高く、風に乗って霊園内に響き渡っていった。

「修一兄さんに、『心友』はいるか、と聞いたら、とても嬉しそうな顔をして『いる』と答えました。兄さんにそんな顔をさせる『心友』が、当時僕は妬ましくて仕方がなかった」

再びそれじゃあ、と明るく笑い、長谷川が杖を振り上げ、また歩き始める。

「長谷川さん……」

思わずその背に呼びかけた田宮の声が届いたのか、長谷川は足を止め、肩越しに田宮を振り返った。

「今もね、あなたが妬ましくてたまらない。兄さんの『心友』のあなたがね」

「……長谷川さん……」

それきり前を向き、歩き始めた長谷川は二度と田宮を、そして高梨を振り返らなかった。

「ごろちゃん……」

呆然と立ち尽くす田宮の肩を、高梨がぎゅっと抱き締める。

「……認めてくれはったんやろうね。ごろちゃんが里見君の『心友』やったって」

高梨の言葉に、うん、と頷く田宮の頬をぽろぽろと涙が伝い落ちた。

「そやし、ごろちゃんに『頼む』と言うたんやろね」

「……うん……」

俯き、ぽたぽたと涙を零す田宮の顔を高梨がそっと覗き込む。

「……今度、里見君のお母さんとこ、一緒に行こか。きっとお母さんも喜ぶ思うわ」

「うん……」

田宮が頷くたびに、ぽたぽたと涙の雫《しずく》が零れ落ちる。

「ほら、ごろちゃん、お参りせな。しっかりしいや」

「……うん……」

悲しみの涙ではない、胸を熱くする想いから溢れ出る涙を持て余す田宮の肩を抱く高梨の腕はどこまでも温かく、田宮はその温かな腕の中で温かな涙を流すことのできる幸せを、しみじみと嚙み締めたのだった。

エピローグ

「修一兄さんにはいるの？　心友」

「うん、いるよ」

少し照れたような顔をして微笑む彼の視線の先には、多分その『心友』がいるのだろう。

ずるいな、と僕は何も見えない空間を見つめ、心の中で呟いた。

東京の大学に入ってから、修一兄さんはあまり家に戻ってこなくなった。去年は正月さえ戻らなくて、僕も、そしておばさんもとても寂しい想いをしたのだった。

それも多分、『心友』が東京にいるからだろうと思うと、なんだかとてもその心友が妬ましく——そしてとても羨《うらや》ましくなった。

一体どういう人物なのだろう——どうしても聞いてみたくなり、僕はぼんやりと宙を見つめる修一兄さんにしつこく話しかけた。

「ねえ、どんな人なの？　修一兄さんの心友って」

「どんなって……そうだな」

修一兄さんが益々照れたような、それでいて酷く幸せそうな顔になる。

「真っ直ぐな男だよ。本当に怖いくらいに真っ直ぐな。何事にも真面目に、それこそ真正面から取り組んでいくような、不器用なくらいに真っ直ぐな男なんだ」

「ふうん」

よくわからない、と首を傾げた僕に、「佳治《よしはる》には難しいかな」と修一兄さんは苦笑した。

「いい奴だよ。素直で、正義感が強くて、思いやりに溢れてて。あんないい奴、滅多にいないってくらい、いい男だよ」

まだ難しいかな、と問いかけてきた修一兄さんは、相変わらず酷く嬉しそうな顔をしている。

「修一兄さん、その人のこと、本当に好きなんだね」

あんまり修一兄さんの顔が、輝いて見えたからだろうか。やっかみもあり僕は半ばからかうような気持ちでそんなことを言ってしまったのだけれど、僕の言葉を聞いた兄さんが虚を衝かれたように黙り込んだことに逆に驚いてしまった。

「兄さん？」

どうしたの、と尋ねた僕の前で、修一兄さんは我に返った顔になると、

「ああ、ごめん」

何に対する謝罪かわからない謝罪をして、僕の頭をぽん、と叩いた。

「……そうだね、好きだね」

ぽつり、と呟いた兄さんの声が、酷く寂しい響きを湛《たた》えているような気がしたのは僕の気のせいだったのか――見上げた兄さんの顔には笑みがあったけれど、それまで溢れていた幸福感にうっすらと靄《もや》がかかっているように、僕の目には映っていた。

「兄さん？」

「お前にもきっと心友ができるよ」

そう言い、また僕の頭をぽん、と叩いた兄さんの顔にはいつもの優しい微笑みが浮かんでいたのだけれど、なぜかあのときの寂しげな兄さんの声はいつまでも僕の耳の奥に消えずに残っていた。

最高のイブ

ハークション、と大きなくしゃみをした俺の横に立つサンタクロースが、心配そうに顔を覗《のぞ》き込んでくる。

「大丈夫か？　田宮《たみや》サンタ」

「大丈夫じゃないよ、里見《さとみ》サンタ。なんだってこの服、こんなにペラいんだよ」

そう、俺もまたサンタの扮装をしていた。里見が引き受けたクリスマスイブのバイトは、ケーキ屋の店頭でのクリスマスケーキ販売で、一人欠員ができて困っていると聞いたため、急遽駆けつけたのだ。

だって俺は友情に厚い男だから——というのは半分嘘で、クリスマスイブ直前、半年付き合っていた彼女に別れを切り出され、予約していたレストランもその後のアパートでのお泊まりも、すべてキャンセルされてしまったからだった。

既に購入していたブランドのアクセサリーは『キャンセル』できなかったため、まだ手元にある。学生の身にはそこそこ高価なそれを売りさばく術《すべ》もなく、懐は寂しいは、イブもヒマになって寂しいわ、というわけで、里見が困っているという噂《うわさ》を聞きつけ、彼に『手伝う』と申し出たのが昨日のイブイブ、二十三日の夜だった。

「いいんだよ、お前、デートだろ」

里見は俺の友情に感動しつつも遠慮したが、俺がふられたと正直に告白すると、途端に噴《ふ》き出し、俺の顰蹙《ひんしゅく》を買った。

「笑うことないだろ」

「すまん。まあそういうことなら手伝ってくれ。ペンダント代も稼がなきゃならないしな」

俺の台所事情もばっちり知られているがゆえ、笑われても仕方がない。実際やってみると、渡されたサンタの服はぺらっとした薄いものだわ、街を行き交う人の殆《ほとん》どは既にケーキを予約しているのか、振り返ってくれる人はまばらだわ、子供には『こんな痩《や》せてるサンタいないー』とからかわれ面白がって蹴《け》られたりするわ、風邪は引きそうだわで、散々なイブになってしまった、というのが俺の偽らざる胸の内だった。

「お前、休んでていいぞ。どうせたいして売れないしな」

里見が笑って俺の頭を、安っぽいサンタの帽子越しに、ぽんと叩《たた》く。

「いいよ、別に」

里見だって寒いに違いないのに、一人残して休めるか、と俺は彼の手を払いのけ、声を張り上げた。

「クリスマスケーキ、いかがですかーっ！　美味《おい》しい美味しいケーキだよー！」

「声、嗄《か》れてるし。そんなに真面目にやらなくていいんだって」

諫《いさ》めながらも里見もまた、俺以上に嗄れてる声を張り上げる。

「クリスマスケーキ、いかがですかー！　彼女もご家族も喜びますよー！」

真面目で融通が利《き》かない。似たもの同士だ、と苦笑した俺の目の前、ちらちらと白い影が過《よ》ぎった。

「うっそ、雪だ」

「げっ」

二人して悲惨な表情となった顔を見合わせ、思わず噴き出す。

「こうなりゃヤケだ。クリスマスケーキ、いりませんかーっ」

「ホワイトクリスマスにホワイトなケーキ、いりませんかーっ」

里見と二人、声を嗄らして叫ぶ。ぽつぽつと足を止めてくれる人も出始め、午後九時という、その日の閉店時間となったときには、二人のサンタが頑張《がんば》ったおかげでケーキは残り一つとなった。

バイト代ももらった上で、店長は余ったケーキを里見と俺にプレゼントしてくれた。

「寒い中、ご苦労さま」

たくさん売ってくれてありがとうと喜ばれたのも嬉《うれ》しくて、俺たちはサンタの服が薄かったというクレームを言わずに帰路についた。

「来年バイトする人のためにも、言うべきだったかな」

真面目な里見はそんなことまで悩んでいる。かなわない、と内心苦笑しつつ俺は、

「まずはお前の家、行こうぜ」

と彼の背をどやしつけ、二人して里見のアパートに駆け込んだ。

「寒かったなー」

「こたつ、入れよ。ビール持ってくる。鍋でもやるか？」

里見も寒いだろうに、俺にこたつを勧め、自分は台所に立とうとする。

「ピザでもとろうよ。ビールは飲む」

俺もまた里見のあとに続いてキッチンへと向かい、彼が冷蔵庫にケーキを入れ、かわりに取り出したビールを受け取りこたつに戻った。

ピザ屋は二時間待ちだというので先にケーキを食べることにし、気分を出そうと蠟燭《ろうそく》を立てたホールのケーキを二人でつつきながらビールで乾杯した。

「ビールとケーキはあわないなー」

「そうでもないよ。美味しいじゃん」

「いやー、やっぱりビールにはピザだろう」

二人してどうでもいいことをわいわい喋《しゃべ》りながらビールを二缶、三缶と空けていく。

ようやくピザも来たが、その頃には俺も、そして里見もかなり酔っ払ってしまっていた。

「なあ」

ピザを食べながら里見が、さもなんでもないことを問うかのような口調で喋り出す。

「なんで別れた？」

「言っただろう。ふられたんだ」

喋ることでもなければ隠すことでもない。特に里見に対しては今まで、隠し事は一つもしてこなかった。

胸が痛まないかといえば、多少の痛みはあったが、話せば逆に気が楽になるかも。そう思いながら俺は、それ以上問う気配のない里見に向かい、ぽつぽつと彼女と別れることになった経緯を話し始めた。

「俺といてもつまらないんだってさ」

「お前といると楽しいけどな」

ぽつりと里見が答える。

「ありがとな」

そんなこと言ってくれるのはお前だけだ、と笑うと里見は真面目な顔になり、新たに問いを発してきた。

「クリスマスは一緒に過ごすことになってたじゃないか。彼女も乗り気に見えたぜ」

「そのクリスマスで揉《も》めたのが原因……かなあ」

多分。それしか考えられない。頷いた俺に里見が、少し言いづらそうに問いかけてくる。

「何を揉めたんだ?」

「……食事したあと、ウチに泊まることになってたんだけど……」

その前に彼女が、毎年クリスマスは家族で過ごすのだという話をした。なんならその日は家族と過ごして、デートは翌日にしようか——そう提案したら彼女が、やれやれ、というように溜《た》め息をついたのだ。

その翌日、彼女から別れを切り出された。理由を聞くと『つまらないから』という答えが返ってきた。

『田宮君ってさ、真面目すぎるんだよね』

前だって、と彼女が俺自身覚えてもいなかった過去の出来事を羅列する。

『食事がいらないってママに連絡忘れたっていったら、せっかくお母さんが食事作ってくれてるんだから帰れっていうし、クリスマスのお泊まりも、親に許可を得てからにしろっていうし……今時、そんなの流行《はや》らないよ』

一緒にいても居心地が悪すぎる。そう言われたのだと里見に打ち明けると彼は、はあ、とやりきれないような溜め息を漏《も》らしビールを呷《あお》った。

「……里見?」

もしかして今の溜め息は、彼女の気持ちもわかる、という彼の心の現れなんだろうか。だとしたらちょっと傷つくな、と思いつつ名を呼ぶ。

「……田宮、お前さ」

里見の目が据《す》わっている。そこまで飲んだか？　とテーブルを見ると彼は既に五缶は空にしているようだった。飲み過ぎだろう、と注意しようと口を開きかけた俺の声を遮《さえぎ》り、里見が酔っ払い特有の大声を張り上げる。

「よかった！　そんな馬鹿女と別れられて！」

「馬鹿って言うなよな」

さすがにいい気はしない。口を尖《とが》らせると里見は、

「いや、馬鹿だ」

きっぱりそう言い切り、半分呂律《ろれつ》が回っていないような声音でがなり立て始める。

「田宮はそいつのかわりにそいつの両親を思いやってあげただけじゃないか。そんなことしてくれる彼氏がどこにいるよ？　日本一、いや、世界一優しいいい男をそいつは逃したんだ。馬鹿だ。馬鹿すぎる。ほんっとーに馬鹿だ」

「あーもう、酔っ払ってる。隣から苦情が来るぞ」

そんな大声出して、と俺は向かいに座っていた里見の横に移動し、ほら、と彼の手からビールの缶を取り上げた。

「水、飲めよ」

持ってきてやる、と立ち上がろうとした俺の腕を、里見が逆に摑《つか》んで引き戻す。

「うわっ」

思いの外強い力で引っ張られ、バランスを失い里見へと倒れ込んでしまった。

「お前は本当にいい奴だよ」

言いながら里見が俺の背に腕を回すと、ぽんぽんと頭を優しく叩いてくれた。

「別にいい奴じゃないよ」

真面目ぶっているわけでも、いい人ぶっているわけでもない。ただ、いつもクリスマスを共に過ごしていた娘の不在は両親も寂しいだろうなと思っただけだし、外泊も嘘をつくより正直に打ち明けたほうがいいと思ったというだけだった。

自分がもし嘘を吐かれたら哀しいし、せっかく作った夕食を「いらない」と言われたら残念に思うし——というだけで、それは皆が思うことなんじゃないか。

そう考えながら呟いた俺を、酔っ払いの里見はぎゅうっと、息苦しいほどの力で抱き締めてきた。

「苦しいって」

離せ、と彼の腕の中でもがき、身の自由を取り戻す。

「少なくとも俺にとっては、日本一、いや、世界一いい男だ」

赤い顔をした里見がそう言い、笑いながら俺の頭を叩いてくる。

「いい奴はお前だろ」

里見は冷蔵庫にビールをいつも数缶しか常備していないはずだ。でも今日は飲めば飲んだだけ新しいビールが出てくる。きっと俺が彼の部屋に来ると予測し、用意してくれていたに違いない。

飲んで騒いで忘れたい。そんな俺の気持ちを彼は、予測していたに違いないのだ。

「俺はいい奴じゃないよ」

俺の考えていることがわかったんだろう、酷く照れた顔になった里見がそう言い、また俺の頭を叩いてきた。

「痛いな」

「ほら、いい奴じゃないだろ?」

尚も頭を叩こうとする手を摑み、いいや、と首を横に振る。

「いい奴だ。宇宙一」

「じゃあお前は銀河系一」

「銀河系も宇宙に含まれるんじゃないか?」

馬鹿げた言葉遊びをしているうちに、なんだか楽しくなってきてしまい、里見に笑いかけると、里見もまた同じ気持ちだったらしく、笑い返してくれた。

「ありがとな、里見」

自然とその言葉が口から零《こぼ》れた俺に、里見はまた照れたように笑うと、無言のまま俺の頭をぽんぽんと叩いた。

優しい指先。お前のことならなんでもわかっている。そう言ってくれているのがわかる。

「お前が彼女だったらな」

またしても俺の口から、ぽろりとそんな言葉が漏れた。

里見ならきっと、親を寂しがらせるようなことはしないだろうし、嘘を吐いて心配かけることもないだろう。

そう思ったがゆえの言葉だったのだが、里見は俺が冗談を言っていると思ったらしい。

「『田宮くーん』」

ふざけた調子でそう言うと、全体重をかけるようにして俺に抱きついてきた。

「重いっ」

そのまま床に倒れ込んだ俺の上から、すっかり酔っ払ってしまったらしい里見が退く気配がない。

「重いって！」

「『田宮くん』、だいすきー！」

尚も抱きついてくる里見の背に腕を回し、ぽんぽんと叩いてやる。

「わかったから起きろ。重いって」

「ほんとに大好きよ。一緒にイブを過ごせて嬉しいわ」

ふざけた女言葉で囁《ささや》く里見の声が耳許で響く。

「わかった。わかったから起きろ」

「わたしにとって今夜は最高のクリスマスイブよ」

尚もふざける里見の背を、

「もう、わかったから」

と拳《こぶし》で乱暴に叩きながらも、俺もまた、こうして誰より心が通じ合っている友と過ごす今宵を『最高のイブ』だと心の底から思っていた。

あとがき

　はじめまして&こんにちは。愁堂れなです。このたびは四十八冊目のルチル文庫となりました『罪な復讐』をお手にとってくださり、本当にどうもありがとうございました。

　本書は二〇〇七年発行のノベルズの文庫化となります。この本で文庫化は完了し、罪シリーズはすべてルチル文庫様でお読みいただけることとなりました。

　文庫化をお待ちくださっていた皆様には長らくお待たせすることになり、本当に申し訳ありませんでした。また文庫化のお声をかけてくださいました担当のO様、ルチル文庫様に改めまして御礼申し上げます。

　そして陸裕千景子先生、文庫化に際し、全てイラストを描き下ろしてくださり、本当にどうもありがとうございました！　それぞれの本に二度の感激をありがとうございます！　今回も本当に感激しました。特にカバーの里見に、もう、涙、涙です。

　お忙しい中、素晴らしいイラストをありがとうございました。これからもどうぞよろしくお願い申し上げます。

　最後に何より、本書をお手に取ってくださいました皆様に御礼申し上げます。

　今回、ショート『最高のイブ』を書き下ろしました。『罪な輪郭』収録の短編『聖なる夜に』

にちらっと出てきた、田宮と里見の学生時代のクリスマスイブのお話です。

また、本書には某シリーズのキャラが二名ほど出張ってきていますが、お気づきになられましたでしょうか。その辺もお楽しみいただけますと幸いです。

よろしかったらどうぞ、ご感想をお聞かせくださいね。心よりお待ちしています！

尚、この『罪な復讐』はアティス・コレクション様でドラマCDにもしていただいています。とても素敵な仕上がりになっていますので、未聴の方は是非是非、チェックなさってくださいね。

罪シリーズ新作は来月『罪な友愛』を発行していただける予定ですので、どうぞお楽しみに。

また皆様にお目にかかれますことを切にお祈りしています。

平成二十五年十二月吉日

愁堂れな

（公式サイト『シャインズ』http://www.r-shuhdoh.com/）

田宮さん
田宮さん〜
田や
おもい!
のしっ
どこ行くんですか
あっ
トイレですか?
僕も行こうっと
近い!
ぺしっ
あと
うっとーしい…
富岡さん見てると実家の犬思い出すわー
女子社員の皆さん
あ〜!
えーと…

✦初出　罪な復讐……………アイノベルズ「罪な復讐」(2007年1月)
最高のイブ…………書き下ろし
コミック……………描き下ろし

愁堂れな先生、陸裕千景子先生へのお便り、本作品に関するご意見、ご感想などは
〒151-0051 東京都渋谷区千駄ヶ谷 4-9-7
幻冬舎コミックス　ルチル文庫「罪な復讐」係まで。

幻冬舎ルチル文庫

罪な復讐

2014年1月20日　第1刷発行

✦著者	愁堂れな　しゅうどう れな
✦発行人	伊藤嘉彦
✦発行元	株式会社 幻冬舎コミックス 〒151-0051 東京都渋谷区千駄ヶ谷 4-9-7 電話 03(5411)6431[編集]
✦発売元	株式会社 幻冬舎 〒151-0051 東京都渋谷区千駄ヶ谷 4-9-7 電話 03(5411)6222[営業] 振替 00120-8-767643
✦印刷・製本所	中央精版印刷株式会社

✦検印廃止

ISBN978-4-344-83032-5　C0193　Printed in Japan